KB126111

곽복록 교수 유고집

# 독일과 한국 사이

체험과 증언

# 독일과 한국 사이: 체험과 증언

초판 1쇄 발행 2012년 6월 29일

편저자 _ 최종고 · 한일섭

펴낸이 _ 배정민
펴낸곳 _ 유로서적

편   집 _ 공감인(IN)
디자인 _ 천현주

등록 _ 2002년 8월 24일 제 10-2439호
주소 _ 서울시 금천구 가산동 329-32 대륭테크노타운 12차 401호
TEL _ (02) 2029-6661 ㅣ FAX _(02) 2029-6664
E-mail _ bookeuro@bookeuro.com

ISBN 978-89-91324-51-0 (93850)

곽복록 교수 유고집

# 독일과 한국 사이

체험과 증언

최종고 · 한일섭 편

**유로**
BOOKEURO PUBLISHING

# 간행사

　여기에 정석(靜石) 곽복록(郭福祿, 1922. 2. 28. - 2011. 5. 28) 교수님의 유고들을 모아 편찬한다. 곽교수님은 한국의 독문학계의 태두이시고, 특히 수많은 독어 명저들을 번역하시어 우리에게 친숙한 학자이시다. 성격이 온후하시고 학문연구만 하신 어른이시라 사회적으로 널리 알려지지 않은 면모도 없지 않으셨다. 그렇지만 1950년대와 60년대에 국제펜클럽 한국지부 사무국장으로 국제적으로 활동하셨고, 독일 뤼브케 대통령의 방한시에는 통역인으로 한독관계의 초석을 다지신 어른으로 기억되고 있다. 그 후 조용히 번역에 몰두하시는 한편 간간히 언론에 독일문학과 문화계에 관한 보고, 특히 직접 독일을 방문하신 체험과 증언들을 발표하시기도 하셨다. 무엇보다 곽교수님은 서구풍의 인품과 멋이 풍기는 학자로 지인들로부터 존경과 사랑을 받으셨다.

1년 전 5월 말 조용히 하늘나라로 소천하신 후 유족과 지인들은 선생님의 남기신 글들을 보고 다시 한번 놀라고 감명을 받았다. 참으로 다양한 문화적 관심에서 기록된 글들이요, 이것 자체가 한독문화교류사에 중요한 자료와 역사가 될 것이라 여겨졌다. 독일 문학에 관한 것들이 가장 많지만 연극과 음악 등에 걸친 광범한 내용들이다. 원래 문학적 소양이 깊어 어린 시절을 포함한 학자로서의 생활과 소감을 잔잔하게 글로 적은 수필류도 독특한 매력을 갖고 있다.

　　유족으로부터 선생님의 스크랩북과 사진첩을 받았을 때 이것은 반드시 간행되어야한다는 느낌이 강하게 들었다. 세상에는 내실이 빈약하면서 큰 소리를 치는 요란한 삶도 있지만, 곽교수님처럼 조용하면서도 자신의 내면세계를 영글게 하는 귀한 삶도 있다. 이런 사실을 아신 강신호(姜信浩) 동아콘소시엄 회장께서 기꺼이 출판비용의 일부를 전담해주셨다. 강회장님은 1956년에 독일 프라이부르크에서 곽교수님과 유학생활을 함께 한 추억을 잊지 못하신다. 곽교수님은 그 후 뷔르츠부르크대학으로 옮겨 1960년에 문학박사학위를 받으셨다. 강회장님은 현재 프라이부르크대학 명예이사(Ehrensenator)이시기도 한데, 프라이부르크대학 지난 2007년 프라이부르크대학 개교 550주년 때 한국동창회에서 발간한 기념문집 〈한국과 프라이부르크)(*Freiburg und Korea*)에 곽교수님과 유학시절에 찍은 사진을 싣기도 하셨다. 곽교수님은 마지막 병석에서도 이 문집과 사진을 자주 꺼내 보시며 좋아하셨다고 유족은 전한다. 이런 우정이 본서의 간행으로까지 연결된 것은 인생의 보기 드문 아름다운 정경이라 생각된다. 우리는 모두 이런 우정의 모본을 보여주신 두분께 진심으로 존경과 감사드린다.

곽교수님은 본서에 실린 글들 외에도 학술논문도 쓰셨지만, 본서에는 비교적 단문들만 골라 실었다. 두 사람의 편자가 유고들을 다시 컴퓨터로 치고 편집 작업을 하였는데 빠진 것이나 잘못된 곳도 없지 않으리라 생각된다. 널리 너그럽게 보아주시고, 곽교수님에 대한 추억과 애정 속에서 본서에 대한 관심도 오래 이어지기를 희망한다. 책을 만드시느라 애쓰신 유로출판사 배정민 사장과 심재진 님에게도 감사하고, 서강대학교 독문과 동문 여러분들의 성원에도 감사한다.

2012년 5월 1일
편집인 최종고 · 한일섭

목차

1부
독일문학과의 산책

# 괴테의 시와 진실

독문학을 하지 않았더라도 나는 괴테에게 깊은 감사를 하게 되었을 것이라고 생각한다. 그 감사가 헤르만 헤세의 〈괴테에의 감사〉와는 다를지라도.

"독일의 시인들 가운데서 괴테가 나에게 가장 많은 것을 주고 있다. 괴테만큼 나의 마음을 빼앗고 나를 괴롭히고 나에게 용기를 주는 시인이 없고, 괴테처럼 강하게 사사(師事)를 요구하고 반항으로 내솟는 시인도 없다." 헤세는 이렇게 말하고 있다. 내가 헤세만큼 괴테로부터 많은 것을 받고 있다고 말할 수 없다. 하지만 내가 독일 시인들 가운데서 괴테에게서 가장 많이 받았다고 서슴없이 말 할 수는 있다. 그리고 그의 자서전 〈시와 진실〉에서 끊임없이 깊은 감명을 받고 있다.

모두 4부로 된 이 책은 제1부가 1811년, 제2부가 1812년, 제3부가

1814년에 출판되고, 제4부는 1831년에 완성되고 그의 사후에 출판되었다. 이 책은 전체 내용이 출생에서 바이마르에 초빙되기까지의 그의 생애에 기초하고 있어서 가장 충실하게 다양한 삶을 살았던 위대한 한 인간의 총체적 체험을 인지하게 한다.

'추억'에 대해서 괴테는 이렇게 말한 적이 있다. "우리들이 부딪히는 위대한 것, 뜻 깊은 것은 외부에서 다시 추억되어서는 안 된다. 오히려 처음부터 우리 마음속에 깊이 들어 와 내부와 합쳐 새롭고 더 훌륭한 것을 만들어 내고 영원히 형성해 나가며 우리 마음속에 늘 살아 있고 창조하는 것이 되어야 한다. 추억해서 그리워하는 그런 과거는 존재하지 않는다."

그러므로 〈시와 진실〉에 담긴 그의 과거는 추억해서 그리워하는 그런 과거가 아니 되게 배려된 것임이 분명하다. 그의 가장 선명한 시절의 과거를 재료로 삼은, 한 전혀 다른 새로운 창조라고 할 수밖에 없다. 그러므로 그것은 지나간 진실의 단순한 전달이 아니고 진실과 시의 복합된 창작이 되는 것이다. 〈시와 진실〉에는 언제나 인생의 문제에 대한 해답이 숨어 있다. 시대와 국적과 개체의 특이성을 초월해서가 아니라 바로 그런 것들, 예를 들면 지금 한국에 살고 있는 '나'라는 개체의 문제가 찾아야할 어떤 특이한 해답이 그 속에 있는 것이다. 괴테가 한 인간으로서 성취할 수 있는 최대의 천재의 예각을 내접(內接)한 가장 큰 원이라면 그 궤적이 기록된 것이 이 책이라고 나는 보고 싶다.

그러나 따지고 보면, 이 책이 나의 인생관 좌표를 마련하는 길잡이가 되고 또한 두고두고 좌우명의 책이 되고 있는 것은 그가 가장 광범위한 천재였다는데 기인하고 있는 것은 아닌 성 싶다. 두고두고 어떤 영향을 준다는 것은 그의 천재성 보다 오히려 성실성에 있는 것이다.

괴테는 이렇게 말한다. "나는 아버지로부터 인생을 성실하게 사는 것을 배웠다." 그리고 "나의 작품은 결코 내 자신의 지혜만이 아니라 나의 작품에 많은 재료를 제공해준 수많은 사실이나 사람에게 힘입고 있는 것이다."

그러므로 우리는 〈시와 진실〉에서 우리의 문제에 대한 해답을 찾는 데 부담을 느끼지 않는다. 수많은 우리들이 만들어준 문제일 테니까.

요즘처럼 급변하는 국제정세와 인간관계의 변동을 겪고 보면 문득 이 위대한 '수고한 자'의 잠언에 귀를 기울이게 된다. 그리고 내 나름대로는 많을 세월을 살아보고 또 살아볼수록.

"내 75년을 돌이켜보고 정말 편했다는 때는 4주간도 못되었을 것이다. 돌을 되풀이 하여 위로 올리려다 끊임없이 굴러 내려뜨리는 거와 같다" 라는 괴테의 술회가 조금은 알아지는 것 같다.

게재지 미상

# 괴테의 생가

요한 야콥 콜라의 1777년 작 〈에칭〉(동판화)에서 대부분의 공간은 풍요한 마인 강의 흐름으로 메워지고 그 위엔 무거운 독일의 하늘이 드리워져 있다. 그리고 크고 작은 배들이 떠 있는 강은 바로 2백 년 전에 독일의 양심의 도시였던 프랑크푸르트를 알린다. 그 풍경은 분명 세계의 시인 괴테가 호흡했던 프랑크푸르트이고 흑백의 〈에칭〉에 담긴 분위기는 묵직한 운동감을 자아낸다. 괴테의 프랑크푸르트는 전진적인 곳이었다.

그러나 오늘 인구 70만의 이 도시에 발을 딛는 외국인들은 실망한다. 너무나 특색이 없는 도시이기 때문이다. 그런데도 외국인들은 이곳을 들르지 않을 수 없다. 이곳은 독일의 중심부에 위치해서 독일 최대의 국제공항이 있어서이다.

그런데 프랑크푸르트는 시가지로 들어와 시청 쪽으로 오면 사정이 아주 달라진다. 시청 옆에는 중세의 독일이 그대로 남아 있다. 그리고 시청 바로 옆에 괴테 생가가 있다. 그 생가와 더불어 이웃집도 옛 모습 그대로 보존돼 있다.

지금은 '괴테 박물관'으로도 불리는 괴테의 생가 건물의 맨 꼭대기에 그의 기왕의 방이 있다. 그 방에서 괴테는 불후의 명작 〈젊은 베르테르의 슬픔〉을 집필했고 〈파우스트〉 초고를 탈고 했다. 괴테는 그 방을 '시인의 방'이라고 일컬었다고 한다.

"1749년 8월 28일 정오 12시, 종소리와 함께 나는 프랑크푸르트 암 마인에서 이 세상에 태어났다. 성좌(星座)는 매우 좋았다. 태양은 처녀궁 좌표에 떠 있었고 그 날의 자오선을 가리키고 있었다. 장황하게 점성술적 풀이가 계속되는 이 대목이 바로 괴테의 자서전 〈시와 진실〉제 1장의 서두이다.

자연과학의 탐구자이기도 했던 괴테가 그의 출생의 장을 이렇게 점성술로 현란하게 수식한 데는 까닭이 있었다. 그는 산파의 기술 부족으로 빈사 상태로 출생했다. 그러므로 그의 기적적인 소생을 그 자신은 이와 같은 '좋은 성좌' 때문이었다고 술회했다. 어쨌든 그는 좋은 성좌 아래서 출생한 것만은 사실이다. 당대의 교양인인 부친과 명문가

(외조부가 당시 프랑크푸르트 시장) 태생의 어머니의 혈통을 받은 괴테는 "아버지로부터는 체격과 인생을 진지하게 사는 자세를, 어머니로부터는 쾌활한 성질과 얘기를 만드는 기쁨을 받았다"고 했다.

난산의 출생을 했어도 83세의 생애를 누리면서 인류에 위대한 유산을 남긴 괴테를 토마스 만은 이렇게 평했다. "그는 힘차게 견디어내어 성장과 혁신과의 거대한 힘을 나타내고 인간적인 것을 완전히 실현하여 여러 왕과 여러 국민이 그의 앞에서 머리를 숙일 만큼 당당한 삶을 누릴 수 있었다."

괴테의 생애 동안에 시대는 격동했다. 7년 전쟁, 프랑스혁명, 나폴레옹의 흥망, 신성로마제국의 와해, 시민시대, 기계시대의 대두, 7월혁명 등...

괴테의 생가 또는 박물관에 회화로 그의 일대기를 전시하고 있는데 그걸 통해서도 그의 생애가 비록 행운의 여신의 가호가 있었다 해도 파란곡절의 기복을 누비고 있었음을 알 수 있다. 괴테 자신은 내외의 다양한 경험 속에 일체를 극복해 가면서 선천적으로 타고 난 것과 후천적으로 획득한 것을 통합해서 세계를 놀게 할 만큼 풍부한 통일체를 우리 앞에 구현해 보였다.

〈대한일보〉 세계명작의 현지 / 1973. 1. 11

# '파우스트'

괴테의 비극 〈파우스트〉는 그가 팔순의 노경에 이르러 붓을 놓았을 적부터 지금까지 살아 있는 불후의 명작이다. 이 희곡작품이 어느 때고 어디서고 살고 있는 이유는 무엇인가? 주인공 파우스트는 "인간이고자 노력한 한 방황함을 면치 못했던" 가장 순수한 인간이었기 때문이다. 시대는 변하고 생존하는 나라에 따라 국적은 달라지지마는 인간은 조금도 달라질 수 없고 달라지지 않았다.

또한 누구보다도 또 어떤 직업상의 계층이나 내용보다도 한 사람의 인간이고자 노력한 인간이 괴테임을 우리는 알고 있다. 그가 80평생을 바쳐서, 릴케의 표현을 빌면 80년의 체험을 털어서 이룩한 파우스트의 얘기에 인간이 귀 기울이게 되는 것은 당연하다.

"옛날 우울한 나의 눈에 자태를 보이던 너희들 어른거리는 모습이

다시 다가오는구나." 이 '헌사(獻詞)'로 막이 열리는 희곡 〈파우스트〉를 잠시 살펴보자.

"비록 어두운 행동 속에서라도 선한 인간은 자기의 옳은 길을 잊지 않는다"고 이 희곡의 '천상의 서막'에서 신이 말한다. 그러나 이것은 이 희곡을 핵심 내용을 밝힌 것이라 볼 수 있다. '소세계'에 이어 '대세계'에서 전개되는 비극 〈파우스트〉의 중심사상은 여기에 있기 때문이다. 끊임없는 학구생활이 규명할 수 없었고 악마 메피스토와 맺은 피의 계약아래 관능과 욕망으로 얻으려던 체험, 그것은 곧 이 서막의 '체험'이라 할 수 있기 때문이다. 그러나 그렇다고 인간이어야 할 파우스트가 안이하게 구원을 받을 수는 없다. 마찬가지로 연애의 세계가 그의 정착지일 수도 없는 것이다. 그를 가장 인간답게, 남성답게 하는 것이지마는, 그것이 부단한 갈구와 쓰디쓴 회한을 교식하게 하는 것이다. 이 교식의 기법의 정교함과 짜낸 무늬의 웅대함과 박진성은 앞에서 말한 바와 같이 이 작품을 불후의 명작이 되게 한다.

"일체의 허망한 것은 한낱 현상일 뿐 다하지 못한 바는 이미 천상의 일이 되었네……"

천사들의 합창 속에 대단원의 막을 내리는 이 비극의 감동은 그가 진지하게 인간이고자 한 사람일수록 크지 않을 수 없다. 사업가에게는

20     

사업가의 모습을, 천재에게는 천재의 비환을 맛보게 하는 이 작품은 분명히 위대한 시인 괴테의 것이며 또한 우리들 인간의 것이다. 태초에 말씀이 있은 후 인간은 참으로 많은 말을 생산하였었다. 그러나 그 많은 말들은 결국 말의 홍수를 이루는 각각의 물거품에 지나지 않는 것이고 보면 비극 〈파우스트〉는 그 말들의 한가운데 우뚝 솟은 말의 영원한 군도일지 모른다.

국립극장에서의 〈파우스트 1부〉 공연(1966. 10. 31~11. 5) '안내책자'

# '파우스트' 공연

　극단 〈창조〉의 창립공연 작품인 괴테의 〈파우스트〉가 지난 5일 밤, 11회 공연의 그 화려했던 막을 내렸다. 아기자기한 맛이 없다는 독일의 희곡 중에서도 특히 난해한 〈파우스트〉 초연의 어려운 과제를 맡아준 단원들의 열의에 경의를 표한다. 지나친 욕심 같지만 이 극단이 계속해서 독일의 극을 소개하는 역할을 해주었으면 한다. 무대나 연기에 있어 많이 고심한 흔적이 보여서 우선 흐뭇했고 '인간은 노력하는 한 방황하며, 어떠한 악의 충동 속에서도 선으로의 신념을 갖고 지향하는 자는 구원을 받는다' 는 이 극의 주제는 비교적 공감을 주도록 연출되었으나 서막인 '천상의 서곡' 이 빠져있어서 완전히 여물지 못한 감을 주었다.

　악마 메피스토의 역을 한 김동원은 노장의 기백을 마음 든든히 보

독일과 한국 사이 | 체험과 증언

여주어 관객을 열광시켰는데 〈파우스트〉 연출의 권위자였던 그륀트
겐스의 분장을 따른 그의 분장은 성공이었다.

　주인공 파우스트의 역을 한 장민호는 안정된 연기를 보여주었는데
'젊어진' 파우스트 역에서보다는 갈등 속의 전반부의 파우스트 역에
서 더 훌륭한 것 같았다.

　그레트헨의 역을 한 나옥주는 연기자로서의 폭넓은 연기를 보여주
었는데 감방 장면에서 특히 뛰어났다.

　박정자는 발전된 연기를 보여주었고 여운계, 한은진 등 모두 열연
이었으나 단지 와그너(윤계영)의 성격이 모호해진 듯한 감을 주었고
발렌틴(신원균)의 연기에 약간의 불만이 있었다.

　조명은 너무 평면적으로 치우친 감을 주었고, 음악 효과는 분위기
와 잘 맞아 들어갔다. 무대 뒤가 시끄러워 극의 분위기가 헝클어지는
일은 없어야 할 것이다. 다음 공연에 기대를 건다.

〈한국일보〉 1966. 11. 8

# 라이너 마리아 릴케

　현 유럽의 교육계와 철학계에서 지도적인 위치에 있는 독일 튀빙겐 대학의 교수 볼노브 (Otto Bollnow)가 11월 30일에 내한하여 12월 10일까지 강연회를 갖게 된다. 그의 저서 중 〈실존철학〉, 〈실존주의와 교육학〉, 〈릴케연구〉등은 세계적으로 잘 알려진 것이라고 볼 수 있다.

　그는 처음에 이론물리학을 공부했는데 그것이 그의 철학에 큰 영향을 주고 있다. 그러므로 그의 저서에는 그의 모든 사상이 논리적으로 잘 정돈되어 있고 아름답고도 명확한 문장으로 표현되어 있음을 알 수 있다. 그는 생철학의 계통을 이어 받았으므로 자신의 실존철학을 발전시키는데 있어서도 니체, 베르구손, 딜타이 등의 생철학과도 관련시키고 있음을 볼 수 있는데 볼노브는 과거의 생철학을 다시 종합적으로 다듬었다는 의미에서 그의 철학사적인 의의가 크다고 할 수 있다.

그러나 무엇보다도 그의 문학상의 공헌은 릴케 연구에 있다고 할만하다. 그러면 릴케는 문학상 어떤 위치를 차지하고 있는 것인가?

릴케의 시에는 연애시나 자연시가 거의 없다. 그래서 시를 읊는 주체는 자연 '우리' 가 된다. 그에게는 개인적인 '나' 가 아니라 인간존재 일반이 문제가 되기 때문이다. 동시대의 정신의 의상을 입은 인간 일반, 그러나 그것은 동시대의 군중적 인간, 기계적 인간, 이데올로기 인간과는 전혀 반대의 인간인 것이다. 따라서 그는 현실의 사회생활에서는 국외자일 수 밖에 없었지만 그럴수록 그는 이 현실과 정면으로 대결할 수 있었던 것이다. 다시 말해서 인간존재 그 자체와 그 불안을 누구보다도 생생하게 체험하였던 것이며 그 적극적 의미를 찾아 고뇌하는 고독한 탐구자가 된 것이다.

그러므로 볼노브는 자신의 저서 〈릴케의 연구〉에서 릴케야 말로 '우리 세대의 시인' 이 라고 말하면서, 현대의 곤궁과 난관을 뼈저리게 느끼면서 동시에 현대인의 희망과 새로운 가능성을 예리하게 인식한 시인은 릴케 이외에는 없다고까지 말하고 있다.

볼노브에 의하면 과거의 시인들은 주어진 인간상을 소재로, 전형적이고 독자적인 이미지를 형상화 할 수 있었지만 현대의 불가사의한 상황에 처한 릴케는 보편적인 현대인의 본질적인 문제들을 앞에 두고 고심하는 시인이라고 한다. 인생에 대한 변화된 관찰점을 찾기 위해서 차원을 달리하여야 할 시인의 자세를 인식한 릴케가 시의 전통적인 영역에서 탈피하여 본원적인 인생의 과제에 충실하려고 하는데 있어서 이러한 약점은 불가피 했던 것이다. 그렇기 때문에 우리가 릴케를 올바로 이해하려면 우리가 올바른 차원에 올라서야 한다는 것이다. 인간에 대하여 끊임없는 질문을 제시하고 인간존재에 새로운 의미를 부각하고자 노력한 릴케야말로 '인간의 시인' 이라는 전제를 떠나서는 이해할 수 없다는 것이다.

또한 볼노브는 실존 사상과의 관계를 고려할 때 '릴케' 의 정신사에 있어서 가지는 위치를 가장 잘 파악할 수 있다고 말하고 있다. 릴케를 보다 잘 이해할 수 있게 하기 위해 실존주의에 그의 위치를 확보해 주려는 볼노브가 이번 기회에 내한하게 된 것은 우리 철학계와 교육계를 위해 큰 경사라 아니 할 수 없다.

<한국일보> 볼노부 내한 강연 / 1966. 11. 29

# 릴케의 시와 고별의 의미

나는 이 독어독문학회에 엊그제 입회한 것만 같습니다. 그런데 오늘은 내가 고별의 말을 해달라는 청을 받게 된 것입니다. 엊그제 같은 입회가 나의 심정의 현상인 것처럼 고별의 말을 해야만 된다는 것도 나의 인생의 현실인 것 같습니다.

그런 나이기 때문에 사람이 사는 길이 덧없다든가, 시간의 흐름이 쏜살같다는 얘기는 할 필요가 없을 것 같습니다. 내가 이 자리에 서야만 하게 된 것 하나로도 내 자신에게나 여러분에게 그것을 실감하게 하는 것이기 때문입니다. 그러므로 나는 여기 서 있는 시늉만으로는 실감할 수 없는 또 하나의 실감에 대해서 잠시 여러분의 귀를 빌리고자 합니다.

세계는 연인들의 얼굴 속에 있었다.
하지만 그것은 갑자기 흘러나가 버리고
세계는 밖에 있다. 세계는 움켜잡을 수가 없다.

왜 나는 마시지 않았던가?
내가 들어 올린 그 얼굴에서
넘쳐흘러 나오는 연인의 얼굴에서
나는 입 가까이 향기를 내뿜고 있는 세계를 마시지 않았던가.

아아 나는 마신 것이다. 아무리 마셔도 끝이 없었다.
하지만 나도 너무 많기만 하는 세계에 충만 되어
세계를 마시면서 스스로 넘쳐나가 버렸다.

대시인 릴케는 시 〈세계는 여인들의 얼굴 속에 있었다〉에서 이렇게 읊었습니다. 대시인의 작품세계의 그 깊은 '내면적 공간'을 내가 헤아릴 수 없는 일입니다만, 다만 이 작품이 릴케의 만년의 시작이었다는 점에서 오늘 이 자리에 서게 된 내게 전에 없던 깊은 감명을 주는 것인지 모르겠습니다.

내가 독문학과와 함께 보낸 시간은 단순히 물리적인 시간으로만 따져도 내게는 절대적인 관계에 있었습니다. 더군다나 고국을 떠나 이 국땅에서 값진 청춘을 바쳐 얻은 것이 독문학이고 보면, 그것은 단순히 학문이라든가 학구라든가 하는 객체적인 것이 아니라 나의 삶이자 보람으로 될 수밖에 없었던 것으로 생각됩니다.

나와 나의 학문과의 관계가 이러한데 갑자기 앞서 내가 읊은 릴케의 시구가 절실해지는 것은 무슨 까닭인지 알 수 없는 일입니다. 생각할수록 릴케의 시구처럼 '아아 나는 마신 것이다. 아무리 마셔도 끝이 없었다.' 라는 생각이 듭니다. 릴케가 마신 것이 무엇인지 알 수 없어도 나는 분명히 독일어가 낳은 문학을 마신 것이 틀림없습니다. 그리고 그것은 '아무리 마셔도 끝이 없었다' 라고 할 수밖에는 없습니다. 그런 나를 당황하게 하는 것이 있습니다.

그것은 "세계를 마시면서 스스로 넘쳐 나가 버렸다"라고 한 시구입니다. 릴케가 마신 '세계' 처럼 충만 된 나머지 넘쳐서 나가버리는 것은 아니지만 이제 나도 독문학의 바다에서 '스스로 넘쳐 나가버리려' 하는 것이 아닌? 이런 생각이 든 내가 나를 당황하게 하는 것입니다.

그러나 한편 생각해 보면 '구심력' 과 '원심력' 의 균형 때문에 안정된 궤도를 달리는 것은 지구와 태양과의 관계만은 아닌 것 같습니다.

중심 모든 것으로부터 너는

자기를 끌어당긴다. 날고 있는 사람에서도

자기를 되돌려 보내는 중심, 가장 강한 것.


서 있는 사람 - 마실 것이 목마른 골짜기에 떨어지듯

서 있는 사람의 한가운데를

중력이 내리닫이로 떨어져 내린다.


하지만 잠들고 있는 사람에게서는

가로 누운 구름에서 내리듯

중력의 풍요로운 비가 내리고 있다.


릴케 시작의 최후의 절정이라고 할 수 있는 1924년 가을에 읊은 〈중력〉이라는 제목의 시입니다. 아시는 바와 같이 릴케의 시는 광활한 우주적 감상을 갖고 그 공간 속에 내적 불안을 노래 부른 프랑스의 시인 슈페르뷔에르와 시기를 같이 해서 과학이 발견한 에너지와 역학적 구조를 발판으로 한 시작임을 볼 수가 있습니다. 그러나 방금 읊어본 이 시에서는 분명히 물리학이 설명하는 원심력과 구심력의 균형과는 전혀 다른 역학관계를 느끼지 않을 수 없습니다.

물론 나는 이 자리에서 릴케에 관한 시론을 여러분과 함께 나누려 하는 것은 아닙니다. 나는 늘 존경해 온 대시인 라이너 마리아 릴케의 시에 의지해서 여러분과 고별의 얘기를 나누려 하는 것입니다.

구체적으로 말씀 드린다면 이 시에서 먼저 내가 해야 할 '고별'이 나의 삶에 있어서 어떤 상황이어야 할 것인가를 찾아낼 수 있을 것만 같습니다.

이 시의 비유를 빌린다면 이때까지의 나는 서 있는 사람, 날아다녀야만 하는 사람으로 비유할 수 있을 것 같습니다. 그렇게 비유한다면 서 있거나 날고 있는 나를 숨 돌릴 수 없이 끌어 붙인 '중심'은 무엇이었을까 하고 생각해 보는 것입니다. 그리고 그 중심이 나의 경우에는 독문학이었다고 생각한다면 내가 독문학을 공부한 것이 아니고 독문학이 나를 내리닫이로 끌어당긴 것으로도 생각할 수 있을 것입니다.

더 과장해서 말한다면 나와 독문학과의 만남 이후, 나는 늘 독문학에서 떠나려고 하는 잠재적인 생각을 내 속에 가지고 있었고 독문학은 끊임없이 그런 나를 자기에게로 끌어 붙인 것으로 생각할 수 있을 것 같습니다. 결국 독문학에서 멀어지려는 나의 잠재적인 생각의 힘을 원심력으로 본다면 나를 그 속으로 끌어들인 중심인 독문학은 끊임없이 나를 끌어들이는 작용, 즉 구심력으로 작용해서 이 두 힘이 평형 되는 길이, 곧 나와 독문학과의 긴 궤도를 이룩한 것으로 생각해 보자는 것입니다.

그리고 내친 김에 생각을 연장한다면 오늘 여러분과 '고별의 얘기'를 나누게 된 나는 이미 서 있거나 날아다니는 사람은 아닐 것입니다. 릴케 시의 비유를 빌린다면 아마도 나는 이제 '잠들고 있는 사람' 이라 해야 할 것 같습니다. 이렇게 나 자신을 비유할지라도 '잠들고 있는 사람' 과 '가로 누운 구름' 으로 비유하려 하는 것은, 결코 자학적인 것이 못 됩니다. 릴케의 비유에 의하면 '중력으로 풍요로운 비가 내리고 있다' 라는 그 시기로 접어드는 신호로 오늘의 이 자리를 내가 맞이해야 할 것으로 생각되기 때문입니다.

생각해보면 마실 것들이 목마른 골짜기로 떨어지듯 살아 온 지난 날이었습니다. 그리고 다시 생각해 보면 그것은 나의 지나간 생의 시간들이 그렇게 한 것이 아니라 지나간 나의 생의 한 가운데를 릴케가 말하는 중력이 떨어져 간 것입니다.

무작정한 낙하와 낙하, 그것은 마침내 낙하의 포화상태를 이루어 릴케가 말하듯 '너무 많기만 한 세계에 충만 된' 상태가 된 것이라고 할 수 있습니다. 그러므로 이번에는 그 충만 속에서 스스로 넘쳐나야 할 내 인생을 생각해야 하는 것입니다.

그 충만의 값이 무엇이며, 그 보람이 무엇이냐를 따질 수도 없고, 따질 필요도 없는 우리들의 인생이 아니겠습니까. 다만 한결 같은 낙하 끝에 이루어진 충만 위에서 이번에는 가로누워 구름처럼 그 충만의 비를 내리게 할 수 밖에 없는 노릇입니다.

그래서 이제는 내 마음의 창가에 서서, 문득 중력의 풍요로운 비가 내리고 있다. 이렇게 릴케처럼 흐뭇해 할 수 있는 나의 삶을 마련해야 하겠다고 나는 진심으로 생각하고 있습니다.

"네 속에 네 이상의 것, 네 최후의 정수를 만들어내는 것은 너인 것이다. 네게서 솟아나는 것, 이 괴로운 가슴 설렘, 이것이 네 춤이다."

릴케가 프랑스어로 〈장미〉를 노래한 시 가운데 이런 구절을 볼 수 있습니다. "나 자신 속에서 나 자신 이상의 것, 나의 최후의 정수를 만들어내는 것은 나 자신인 것이다." 릴케의 시의 '너'를 '나'로 고쳐 보면 이 시구는 바로 지금의 내가 나에게 들려줄 최고의 충고처럼 들리게 됩니다. 릴케는 또한 나 자신 속에서 나 자신 이상의 것을 만들어내는 것은 나 자신이라고 전제하면서 그것은 "만들어내는 것"이 아니라 "솟아나는 것"이라고 다짐을 주고 있습니다.

솔직히 말씀드려서 이제 나는 무엇을 만들어 내거나 만들기 위해서 열중하는 정열을 내 자신에게 기대하기는 어려울 것 같습니다. 그러므로 릴케의 다짐처럼 내게서 솟아나는 것을 기대해야 할 수밖에 없게 되었습니다. 결국 내가 현역에서 물러난다는 것은 '만들어 내기'의 시기를 마무리 짓고 '솟아나기'를 학습해야 하는 첫 발을 내딛는 것으로 생각할 수밖에는 없다는 얘기가 됩니다.

얘기를 하다 보니 릴케의 시에 너무 의존해버린 나의 얘기가 되어버렸습니다. 그러나 말씀드린 바와 같이 이 자리에서 난해의 시인 릴케의 시를 얘기하려 하는 것은 아닙니다. 릴케의 얘기를 하려 하는 것이 아니라 릴케의 시를 통해서 나의 지난 날, 더 크게 말하면 우리들의 과거를 잠시 되돌아보려고 하는 것입니다.

전 세계적인 현상일 테지만 최근 들어 우리는 우리가 사는 환경을 단시간에 그리고 엄청난 규모로 바꾸어 나가고 있습니다. 어제까지 누런 황소가 풀을 뜯던 들녘이 오늘은 아파트단지의 숲이 되어 버리는가 하면 아낙네들이 빨래하던 개울은 큰 댐 속에 잠겨 흔적조차 모르게 된 것을 주변에서 익히 보는 그런 생활환경 속에 우리는 살고 있습니다.

이런 생활공간의 급속한 변화는 어찌 생활공간의 변화에만 그칠 수 있겠습니까? 우리의 생활감정, 우리의 생활의 환경에도 그에 못지 않게 큰 변화를 가져 온 것은 말할 나위도 없습니다. 이런 우리들이고 보니 파괴되지 않은 자연, 더럽히지 않은 선험적 정신, 말하자면 때 묻지 않은 '고향'과 같은 것에 대한 향수를 느끼지 않을 수 없습니다.

이런 우리들의 마음의 고향을 지킨 사람들의 일을 문학에서 볼 수 있다고 생각하고 있습니다. 그 문학의 유산에 먼지를 털고 오늘의 주민들이 쉽게 접근할 수 있고 소유할 수 있도록 하는 일이 우리들, 문학을 공부하고 그것을 가르치는 사람들이 해야 할 일이라고 생각합니다.

그러나 나 자신을 돌이켜 보더라도 이런 일을 하는 우리들이 무슨 큰 사명감을 가지고 하는 일은 아닙니다. 다시 릴케의 시를 빌리면 "마실 것이 목마른 골짜기로 떨어져 내리듯" 어쩔 수 없이 이 일을 맡게 될 것입니다. 그러는 가운데 이 중력의 구심력과 맞서서 이 일에서 벗어나려는 원심력이 어울려서 생긴 궤도, 그것이 각자의 인생이며 나의 인생이 아니었을까? 이렇게 생각하게 된 나의 생각을 이제까지 릴케의 시를 빌리면서 여러분께 장황하게 말씀드린 것입니다.

내가 이제 정년을 맞아 여러 분에게 고별의 얘기를 나누어야 하는 이 시점은 내가 열외로 벗어나는 일이 아니라 릴케가 말한 내리받이로 낙하하는 처지에서 궤도에 몸을 맡겨도 좋게 된 상태에 들어간 것으로 생각하고 싶은 것입니다.

이렇게 생각하고 보니 불안해지는 것이 있습니다. 그것은 내가 이 궤도에 몸을 맡긴 편안한 자세에서 과연 릴케가 말한 그 '풍요로운 비'를 내리게 할 수 있을 것인가 하는 걱정입니다.

그러나 따지고 보면 이것 역시 내가 걱정할 일이 못 되고 걱정해서 되는 일이 아닌 것 같습니다. 그것은 얼마만큼 내가 이제까지 두터운 구름을 내 안에 모을 수 있었던가 하는데 달려 있기 때문입니다.

다만 스스로 다짐을 거듭하는 것은 내가 모은 그 구름의 부피가 얼마이든지간에 이제부터는 그 구름에서 짜낼 수 있는 비를 있는 대로 내리도록 노력하는 일입니다.

뿌린 씨가 열매를 맺어가는 시기에
농부가 아무리 마음을 쓰고 애써도
그것만으로 어쩔 수가 없다.
대지가 베풀음을 해주고 있는 것이다.

릴케의 대표작인 〈오르포이스에게 바치는 소네트〉 가운데 이런 시구가 있습니다. 그렇습니다. 이제부터 내가 할 수 있는 일은 나의 노력, 나의 염원만으로 이루어지는 것은 아닙니다. 그것은 저 대지의 베풀음과 같은 우리가 헤아릴 수 없는 또 하나의 힘이 뒷받침 해주고 있는데 따를 뿐이라는 생각도, 생각만이 아니고 실감하는 자리에 나도 들어선 것 같습니다.

분명히 나는 이때까지 익숙해진 상황에서 새로운 미지의 세계에 들어서고 있습니다. 그 첫발을 이제, 같은 시간의 길을 함께 걷고 있는 여러분이 지켜보는 가운데 내딛게 된 것입니다. 이런 나의 소중한 첫걸음을 지켜보아 주시고 격려해주시기 위해서 모인 여러분에게 우선 나는 릴케의 시 〈봄의 바람〉의 시구를 빌려 깊은 감사의 뜻을 대신하고자 합니다.

이 바람과 함께 운명이 온다.

오게 하는 것이 좋다. 무턱대고 설치는 것이여

우리들은 그것에 의해 불타게 될 것이다.

(가만히 움직이지 말라. 우리들을 찾아낼 수 있도록)

오오 우리들의 운명은 이 바람과 함께 온다.


어디에서인가, 이 새로운 바람은

이름 붙일 수 없는 것들을 젊고 흔들리면서

바다를 건너 우리들의 존재를 싣고 온다.


... 그랬더라면 좋을 것을. 그렇다면 우리는 안주를 얻을 수 있을 터인데

(하늘이 우리들의 내부에서 상승하고 하강할 터인데)

하지만 이 바람과 함께 몇 번이고 몇 번이고

운명이 압도적으로 우리들을 뛰어넘어간다.

<서강학보> 1986. 12. 12. 곽복록 교수의 정년퇴임 고별 강연

한국독어독문학회 86/87 제1차 연구발표회서 강연

# 고트프리트 벤

건반이 어두운 음향을 흘러 보내고 사라진다.

그 방에서 대해와 북녘을 향해서

드높은 돛대가 내다보였다.

고트프리트 벤의 전기 작가는 벤의 이 시구에 쇼팽을 배경으로 해서 보려고 했다. 그러나 우리는 벤이란 시인을 2차에 걸친 독일인의 전쟁을 배경으로 해서 생각지 않을 수 없다.

우리는 릴케 이후 독일 서정시의 거봉을 이루는 고트프리트 벤의 탄생 90주년을 맞이한다. 피부과 의사인 벤의 사상적 소속은 분명 '반(半)좌익적, 유대적, 독일적인' 후기 보헤미안으로 되어 있다. 그리고 나치스 3등 군의관이기도 했다. 그런가 하면 '저작원(著作院)'에서 집필 금지 당한 시인이었다.

벤의 자서전적 작품 〈이중생활〉처럼 그의 70년은 바로 이중생활이었다. 벤은 "침묵으로 이뤄진 깊은 운명이 밤과 같은 높은 벽"에 쌓인 이중생활의 내면에서 릴케가 단절해 놓고 간 서정적 우주에 그의 시작(詩作)을 응집시키고 있었다.

'의학박사 벤. 피부과 전문. 진찰시간4-6시, 토요일10-11시'라는 간판이 그의 직업을 표방했듯이 그의 시의 출발은 〈모르그〉(시체공시소)부터였다. 이윽고 장시 〈육〉(肉)에서는 "미래야 알 게 뭐냐. 뇌는 미로다."라고까지 말한 벤이다. 그러나 벤은 초기 표현주의적인 테두리 안에서만 살 수 없었다.

"오라! 모든 음계는 뒤틀리고 힘들어져 환각을, 해체 감정을 울리고 있다." 이는 유럽 문화의 몰락과 혼란의 기대가 그를 흔들어놓은 것이다. 언어 자체를 해체하고 강력하게 재결합하는 벤의 특징은 명사의 과다한 구사에서 더욱 뚜렷했다. 그래서 그의 시 세계는 차츰 반 고흐의 그림을 닮아가고 있었다. 인생에의 열렬한 참여를 바라면서 그것으로 통하는 모든 길이 끊어진 상태가 빚어내는 예술을 하고 있었다.

아아, 여행은 덧없어라!

늙어서 깨우치게 되리라.

잔류하는 방법을 스스로 한정하는 자아를

조용히 지키는 비결을 ...


벤의 노년은 이렇게 깊어가고 있었다. 3등 군의관이고 이중생활을
했던 벤에게 마침내 종장이 왔다. 벤은 1956년 7월 7일에 그의 시구처
럼 갔다.


신화와 언어를 다 길러냈으니

너는 가버리는 게 옳았다.

〈한국일보〉 1966. 4. 28

# 프란츠 카프카

'미지의 카프카', '카프카의 수수께끼' 등으로 카프카 문학의 난해성을 일컫고 있는 때에 카프카의 이해에 결정적인 기여를 하는 책이 나와 있다. 자유 베를린 대학의 독문학 교수 빌헬름 엠리히의 저 〈프란츠 카프카〉(1958)가 그것이다.

이 저서에서 엠리히는 카프카의 난해의 원인이 카프카에게 있는 것이 아니라 오늘날 우리가 살고 있는 20세기의 현실세계에 있다고 한다. "카프카에 있어서 서로 화해할 수 없는 세계는 카프카가 자의로 또는 상상적으로 만들어낸 것이 아니라 바로 우리의 현실이다. 그리고 이들 모순된 세계는 결국은 하나의 세계, 즉 인간 세계인 것이다. 이 양자의 구별은 이제까지의 우리의 지식의 한계 내에서 존재한 것이다. 이제 우주적인 것은 신적인 세계가 아니고 고대적인 의미에서처럼 초월적인 것도 이지적인 것도 이상적인 것도 아니며 또한 절대적인 것도 아니다. 우주적인 것이란 인간이 생활하고 느끼고 생각하고 상상하며 행하는 바 일체의 총화이다."

엠리히 교수가 말한 "카프카에 있어서 서로 화해할 수 없는 세계" 혹은 "카프카의 수수께끼로 불리는 난해성"은 어디서 온 것인가?

카프카의 유대인으로서의 출생환경과 가정환경, 그리고 그가 처해 있던 사회적인 정세와 예술가로서의 그의 생활이 그 근원을 이루고 있다. 이 모든 생활을 통해서 공통적인 특징은 생활의 이원적인 대립이라 할 수 있기 때문이다. 즉 그는 요람으로부터 무덤에 이르기까지 철저하게 이율배반적인 모순을 체험해야 했던 것이다.

인간이 인간으로서 독립적인 가치를 인정받지 못하고 인간이 만들어낸 문명사회의 거대한 메커니즘 속에서 하나의 톱니바퀴로서의 기능 밖에 하지 못하는 현대사회, 인간적인 정신적인 면은 도외시되고 고용자와 피고용자 사이에서 상품가치로 전락한 물질문명 속에서는 사회의 질서만이 존중될 뿐, 인간성 본래의 존재 의의는 상실될 수밖에 없다.

카프카는 그의 작품 속에 현실을 끌어넣거나 그것을 고발하려는 일을 넘어서서 그 분열의 현실, 엠리히 교수의 표현을 빌리면 차안(此

岸)의 욕구불만과 피안(彼岸)의 동경 사이에서 현실에 살고 있으면서
도 현실적인 존재기반을 상실한 인간의 존재를 지켜보는 일에서 출발
하여 카프카는 인간 존재의 확실성을 보장해 줄 새로운 질서를 발견하
려고 노력한 것이다.

〈독서신문〉 1971. 4. 11

# 뷜의 '아담, 너 어디 가 있었나?'

하인리히 뷜은 1917년 12월 21일 독일 쾰른에서 빅토르 뷜의 여덟 번째 아들로 태어났다. 뷜의 가계를 보면 그의 부친 쪽 조상들은 19세기 전만해도 영국 사람들이었다. 왕비를 여섯이나 바꾼 것으로 유명한 영국 왕 헨리 8세(1491-1547)가 그의 이혼을 문제 삼은 가톨릭교회를 이탈하고 박해했을 때 그 신앙 하나를 밑천으로 독일로 건너온 영국인의 후예가 하인리히 뷜이었다.

그래서 뷜은 나면서부터 가톨릭교도일 수밖에 없었고 가톨릭교도로 살다 죽기를 원했을 밖에 없었다. 말하자면 뷜은 영국에서 이민 온 조상들이 차례로 대물린 신앙의 열쇠를 쥐고 출생하였고, 그 열쇠로 이승의 삶을 열어가다가 마침내는 그 열쇠만이 열 수 있는 조상의 나라로 "돌아 간" 것이다.

그러나 현실적으로는 뵐은 교회와 관련된 단체에 묶이지 않았다. 나치스와 교회의 관계를 알고 있는 세대인 뵐은 전후에도 가톨릭교회의 순응주의를 공격하는 입장으로 일관했다. 그러면서도 그는 본질적으로 가톨릭 신도이기를 포기하거나 신앙을 바꾼 일은 없었다. 그는 자신이 가톨릭교회 안에서만 참다운 위안을 얻은 사람이라고 술회하였고, 가톨릭 신앙이 절망과 불완전성으로부터 적극적인 삶의 가치를 알게 하고 거듭날 수 있는 인간의 존엄성을 인간에게 부여해 준다고 믿었다. 그런 가운데 그는 일생동안(1917-1985) 독일정부나 가톨릭교회한테는 불편한 존재로 알려진 것도 사실이다.

이 아이러닉한 뵐의 신앙생활을 실감하게 하는 그의 작품이 있다. 그것은 1954년에 발표한 소설 〈보호자 없는 집〉이다. 이 작품은 그의 신앙과 문학의 관계가 어떤 것인가를 단적으로 이해할 수 있는 것이라고 문학평론가들이 지적한다. 이 소설은 가톨릭 신앙의 발판 위에 선 모럴리스트만이 쓸 수 있는 작품이라는 평을 받고 있다.

1951년에 나온 장편소설 〈아담, 너는 어디 가 있었나?〉는 하인리히 뵐의 대표작 중의 하나이다. 이 소설은 전후 문학 재건의 기수였던 '그룹 47'의 문학상을 받았을 뿐만이 아니라, 2차 세계대전 이후에 홍수처럼 쏟아져 나온 이른바 전쟁소설 가운데서도 최고 걸작의 하나로 꼽

힌다.

이 작품은 뵐이 2차 세계대전 시기인 1939년부터 1945년까지 독일 육군 보병으로서 겪었던 전쟁 체험을 토대로 쓴 것이다. 소설은 파인할스라는 독일군 병사가 소설의 각 장에 따라 주역으로 또는 조역으로 바뀌면서 전개되는 9개의 단편 소설의 묶음이다. 소설의 제목 〈아담, 너 어디 가 있었나?〉는 가톨릭 문화 철학자인 테오도트 헤커의 〈낮과 밤의 일기〉에 나오는 다음과 같은 대목이다.

"세계의 대참사는 많은 사람들의 변명에도 용이하게 이용물로 되어 가고 있다. 하나님 앞에서 자기의 알리바이를 찾아내려고 애쓰고 있는 사람에게도 그러하다. 아담, 너는 어디 가 있었나?"

"예, 저는 세계대전에 참가하고 있었습니다."

소설의 이야기는 2차 대전 막바지인 1944년과 다음 해에 걸친 북부 발칸 지방에서 전개된다. 남부와 동부전선에서는 독일군 수뇌부의 전략 과오로 수없이 많은 병사들이 무의미한 죽음을 강요당하고 있었다. 전투가 소강상태에 들어서자, 독일군들은 지하저항 조직들이 폭파한 다리를 복구하기 위해서 들어왔고, 그 주변을 순찰하면서 단순한 작업과 작업 사이에 무료하기 짝이 없는 시간들을 보내고 있는 독일군 병사들이 든 집의 여주인 수잔 부인은 의아하기만 해진다.

군인들은 잘 먹었고, 잘 잤으며 돈도 넉넉했다. 수잔 부인은 강제로 징집된 자기 남편도 자기로서는 알 길이 없는 낯선 곳에서 저들처럼 빈둥빈둥 놀고 있을 게라고 생각한다. 전쟁이란 아마 남자들이 아무 일도 않고 놀고먹기 위해서 치르는 것이라고 여겨진다. 수잔 부인이 자못 진지하게 생각하는 이 장면과 같은 묘사가 되풀이 되면서 소설 〈아담, 너는 어디가 있었나?〉는 전개된다.

그러면서 전쟁에 지쳐빠진 독일군의 장군이나 헝가리의 작은 마을에서 병참근무를 하는 슈나이더 상사와 같은 직업군인의 모습이 보이고, 건축 관계 일을 하다 군대에 끌려온 파인할스 병사가 시종 등장한다. 그리고 전쟁 때문에 고난을 겪는 주민들의 얘기도 있다.

한편 전쟁은 이제 봇물 터지듯 무너지기 시작한다. 그리고는 운신을 할 수 없는 부상병들만이 동부와 남부 전선에서 진격해 오는 연합군을 기다리고 있을 뿐이다. 파인할스는 부상병의 집합장소인 한 여학교에서 근무하다가 유대계 헝가리 여교사 일로나를 만나고 둘은 서로 사랑을 느끼게 된다. 그러나 파인할스는 부상병 운반차를 타고 떠나는 한편 유대계 여교사는 압송차량에 실려 강제수용소로 끌려가 그 곳에서 죽음을 당한다.

파인할스는 동료 병사들과 함께 가설한 교량을 연합군의 진격을

독일과 한국 사이 | 체험과 증언

막기 위해서 폭파해버리며 끈질기게 후퇴하였다. 무너져버린 서부전선에서 파인할스는 마침내 그의 출발지였던 낯익은 고향 땅에 돌아왔다.

제 집으로 달려가는 파인할스는 공교롭게도 미군과 맞부딪치게 된다. 부모가 기다릴 제 집 문간방까지 간 파인할스는 미군이 쏜 마지막 총탄에 맞아 쓰러진다. 그때 그가 이승에서 마지막으로 본 것은 어머니가 항복의 표시로 현관에 내 건 흰 식탁보였다. 그리고 방금 전에 쏜 총탄이 그 식탁보를 쓰러뜨려 마지막 숨을 거두는 파인할스를 덮었다. 그의 귀에는 다른 총탄을 맞고 지하실에서 비명을 지르는 어머니의 목소리도 들렸다.

소설의 장이 바뀔 때마다 무대가 바뀌는 이 소설은 파국에 이르는 프로세스를 이동하는 전선을 빌려서 상연하는 무대예술 같은 느낌을 준다. 그 이동이 붕괴하는 전선이기 때문에 장을 거듭할수록 숙명적인 붕괴를 느끼게 되는데 지리적인 이동을 빌려 비극을 심화하는 수법은 이 소설의 가장 특징적인 것이다.

또한 군데군데 마치 프리즘 렌즈로 동일한 피사체를 중복해서 촬영하는 카메라의 기법 같은 장면묘사도 특이하다. 가령 야전병원으로 쓴 헝가리의 여학교 복도에 걸린 졸업생들의 단체 사진을 묘사하는 과정에서 해마다 다른 졸업사진들은 연대가 다를 뿐 빳빳하고 흰 블라우스를 입은 여학생들은 웃고 있었으나 어딘지 불행해 보였다는 부분은 가장 인상적인 것으로 나타난다.

거듭되는 반복 끝에 마침내 다다르는 비극의 종말을 통해서 뵐은 전쟁을 "무의미한 살인 의식"으로 독자의 머릿속에 각인시킨다. 이런 점에서 뵐 보다 앞선 작가인 생떽쥐베리의 다음과 같은 구절을 연상하게 한다.

"일찍이 나는 여러 번 모험을 겪었다. 우편 항공로의 가설, 사하라 사막의 정복, 남아메리카 비행 등. 그러나 전쟁은 진정한 모험이 아니라 모험의 대용품일 뿐이다. 전쟁은 일종의 병이다. 티푸스 같은 병이다."

끝으로 하인리히 뵐의 인간적인 면모에 대한 언급을 곁들이지 않을 수 없다. 그는 1970년 1972년까지 서독 펜클럽 회장이었다. 그리고 1972년 노벨문학상을 받은 뵐은 명실 공히 전후 독일의 최고봉으로 동료작가 뿐만 아니라 정치가들까지도 인정하였다.

그것은 그가 일생동안 불행한 하층민들의 편에 서서 권력과 맞섰고, 세계 각국에서 박해받는 동료작가들을 구하는 데 물심양면으로 노력과 정성을 기울였기 때문이다. 그런 뵐이었기에 노벨문학상을 받고

1974년에 소련에서 추방당한 솔제니친이 자유세계에 발을 디뎌놓고 첫날밤을 보낸 곳이 국제 펜클럽 회장이던 뵐의 집이었다.

하인리히 뵐은 1985년에 68세를 일기로 서거하였다. 그러나 그가 남긴 문학작품, 특히 〈아담, 너는 어디 가 있었나?〉는 전쟁소설이면서 전쟁장면의 묘사대신 전쟁 자체의 본질적인 죄악성을 읽는 이마다 숙연히 생각해 보게 하는 점에서 특이할 뿐 아니라 이른바 고발문학의 정도를 제시한 작품으로 인류의 문학사에 영원한 공적으로 남을 수 있을 것이다.

그리고 뵐의 이런 창작태도의 심층에는 분명히 헨리 8세의 핍박에 굴하지 않고 생활의 터전을 독일로 옮기면서까지 가톨릭 신앙을 지켜낸 뵐의 조상들의 종교적 신념이 발판을 이루고 있음이 분명한 것으로 생각된다. 서두에 언급했듯이 하인리히 뵐은 그의 조상들의 신앙을 받들고 끝내는 그곳으로 돌아간 훌륭한 후손이었다는 점도 아울러 기억하고 싶다.

가톨릭 신문 / 1991. 12. 11, 16면

# 한스 카롯사의 '루마니아 일기'

"끔직한 붕괴 후 재건의 세월, 그것은 여러 국민에게 있어서 좋은 성장의 세월인 것이다."

통 털어 13편의 자서전적인 소설과 시를 남기고 간 카롯사는 그의 대표작 중의 하나일 수 있는 〈의사 기온〉에서 이런 말을 하였다. 1878년, 독일 남부 바이에른 주 작은 도시에서 출생하여 1956년 78세의 나이로 세상을 떠난 카롯사는 기구하게도 독일이 패전한 두 번의 세계대전을 겪은 운명의 시인이었다.

그러므로 6·25를 겪은 우리들로서는 서두에 인용한 그의 말이 그대로 수긍이 가듯이 그의 1차 대전 참전 체험기인 〈루마니아 일기〉는 누구보다도 우리에게 생생한 감동을 줄 수 있을 것이다. 그러나 그는 전투요원이 아니라 대대소속 군의관으로서 참전했다. 그러므로 그는 전투의 고통과 비참을 함께 겪으면서 그것이 빼앗은 생명을 돌보고, 그것을 살려내야 하는 임무를 지니고 있은 것이다.

말하자면 살육의 소용돌이 속에서 구제자의 사명을 지니고 있었고 전투의 국외자이기 때문에 오히려 정면으로 직시할 수밖에 없는 목격자의 위치에 있었다. 자신의 위험을 생각하지 않고 최전선을 뛰어다니며 많은 인명을 구해낸 그의 인간애의 실천이 있은 다음에 내놓은 것이 〈루마니아 일기〉이다. 그러므로 이 작품은 전쟁에 패배한 독일 국민이 그린 인간애의 승리의 기록으로 평가 받게 된다.

카롯사가 출생한 바이에른 주는 독일에서도 가톨릭이 성한 곳이었고 뿌리 깊은 향토문화와 전통의 터전이었다. 그러므로 카롯사는 어려서부터 우주와 신의 율법에 따른 일상생활에의 봉사를 삶의 기쁨으로 느끼는 정신적 환경에 있었고, 가문 대대로 의사가 많아 인문주의적인 교양을 몸에 지닐 수 있었다.

그런 카롯사이고 보니 괴테의 사도를 자처할 만큼 누구보다도 괴테로부터 깊은 영향을 받았다. 그러나 카롯사는 그 시대의 온갖 사조나 경향, 예술을 풍부한 감수성으로 받아들이면서 그 어느 것에 대해서도 꼭 같이 일정한 거리를 지니고 있었고, 그 어느 한쪽에도 몰입하는 일이 없었다. 카롯사에게는 한결같은 영원성에 대한 향수가 있었고

'최초에 만들어진 빛'에 대한 막을 수 없는 사모가 있었기 때문이라 생각된다.

그런 카롯사이면서도 결국은 가업을 이어 의사가 되기를 결심한다. 뮌헨대학 의학부에 입학한 그는 24세 때 국가시험에 합격해서 팟사우시에서 개업의사가 된다. 그러나 그의 문학 창작에 대한 열정은 식을 줄 몰랐고, 막상 개업의가 되어 사회인이 되었을 때는 두 갈래의 길은 타협할 수 없는 대립이 되어 갖가지 모순을 일으키게 되었다. 이 괴로움 속에서 낳은 작품이 〈의사 뷔르거의 최후〉인데 이 작품은 '20세기의 베르테르'로 평가 받은 작품이다.

제1차 세계대전이 일어나자 카롯사는 자원해서 군의관이 되었다. 북 프랑스와 루마니아 전선에 종군한 그는 처참한 전쟁에 휘말리면서 막을 수 없는 열정으로 어렸을 때의 추억을 적어갔다. 그것은 현실 도피가 아니라 자기 자신을 상실하기 쉬운 가혹한 시대에 살면서 과거를 재인식함으로써 자기의 본연의 모습을 찾고, 현재의 자세를 확인하기를 원한 강한 욕구가 기록된 것이었다. 창작에 대한 이런 자세는 그 후 카롯사 문학에 일관한 특징이 되었지만 이 종군기에 기록한 것들이 모태가 되어 1922년에는 〈유년시대〉를 간행했고, 2년 후에는 〈루마니아 일기〉를 내놓게 되었는데 이 작품은 제1차 세계대전을 기록한 수많은 문학작품 가운데서 최고의 작품으로 알려져 있다.

히틀러가 정권을 장악한 해인 1933년에 〈지도자와 순종〉이 출판되었다. 그는 나치스가 개조한 아카데미회원에 천거되었을 때 이를 거절하였다. 그리고 제2차 세계대전 중에는 그의 생의 터전인 팟사우 시를 전쟁의 피해에서 지키기 위해 목숨을 내놓고 활약하였다.

제2차 세계대전이 끝나자 전시 중에 쓴 시집 〈숲의 공터에 빛나는 별〉, 에세이집 〈이탈리아 기행〉 등을 출판했다. 나치스 계열의 작가들이 규탄 받는 시기에 70세의 생일을 맞은 카롯사는 팟사우 시의 명예시민으로 추대되고, 뮌헨대학의 명예박사 학위를 받았고, 두 번째로 '한스 카롯사에 대한 감사의 글' 을 받는 축복을 받았다.

그것들은 언제나 높은 정신적 지향으로 자기를 이끌고 암흑의 시대를 성실하게 살아낸 그에게 걸맞은 선물이었다. 카롯사는 다시 〈고르지 않는 세계〉와 〈젊은 의사의 나날〉을 출간하여 나치스 시대의 고뇌의 생활을 증언하였고, 1956년에는 의학공로상을 받고 팟사우 시의 근교 릿트슈타이크에서 죽음을 맞았다.


깊은 저녁의 바닥에 밝은 별이 빛난다.

숲이 깊어 여느 때는 보이지 않았는데

별이 귀향을 권하기에 우리들도 기꺼이 그렇게 하자.

밝은 빛을 두려워해서는 안 된다.


그의 마지막 서사시집 〈숲의 공터에 빛나는 별〉에 나오는 이 시구
는 이제부터 소개하려는 〈루마니아 일기〉의 서두에 적은 '사탄의 아
가리에서 빛을 빼앗아라!' 라는 말의 뜻을 우리들에게 암시한다.

1916년 늦가을 루마니아 산악전 막사 안에서 전투와는 관계없는
사건이 일어난다. 잔소리쟁이로 모두가 싫어하는 대대장인 늙은 소령
이 아침을 먹으려고 잼이 든 단지 뚜껑을 열었을 때의 일이다. 단지 속
에는 작은 쥐가 한 마리 빠져 죽어 있지 않는가!

당황한 당번병이 그것을 거두고 새로운 잼 단지를 가지고 오려는
것을 늙은 대대장은 꾸짖으면서 "조국에서는 모두가 굶주리고 있다.
이런 잼이라도 아이들에게 줄 수 있으면 얼마나 행복할까라고 생각하
는 어머니들이 얼마나 많을까." 이런 설명을 하고는 기분이 나빠 눈알
이 튀어나올 것 같은 마음을 억제하고 그 잼을 빵에 발라 한 입은 먹었
지만 두 번째는 먹지 못하고 밖으로 나가 버렸다.

그것을 보고 '돼지 새끼' 라고 욕하는 사람들이 있었지만 작가 카롯
사는 '모든 사람이 그와 같은 생각을 하고 행동한다면 그 국민은 영원

히 멸망하지 않을 것이다.' 라고 적고 있다. - 이렇게 카롯사의 〈루마니아 일기〉는 일종의 교훈담으로 메워져 있다. 그러나 교훈담이면서 독자의 마음을 무겁게 하는 것은 작품 자체가 처참하고 가혹한 전쟁의 목격담이 때문이다. 전쟁이라는 가혹한 상황의 목격자이자 기록자인 군의관인 카롯사가 격전을 치룬 다음에 산을 내려가고 있었다. 문득 그는 그의 외투 자락을 붙잡는 손질을 느꼈다. 내려다보니 빈사 상태에서 신음하는 적군 병사였다. 카롯사는 말없이 모르핀 주사를 그 적군 병사에게 주사해주었다. 그러자 '그 사나이는 비로소 느긋해진 표정으로 자작나무에 기대어 눈을 감았다. 그 깊이 파인 눈꺼풀 속에 이내 큰 눈송이가 떨어져 쌓였다.' 카로사는 이렇게 서술하였다.

안락사를 하게 된 적병의 눈꺼풀에 쌓이는 눈송이와 죽은 쥐의 맛을 가미한 잼을 바른 빵을 삼키는 늙은 소령의 교훈적인 에피소드 사이의 거리는 무한하다. 그러나 늙은 소령의 이야기는 그 많은 전쟁문학 작품에서는 볼 수 없는 장면이다.

유명한 레마르크의 전쟁소설 〈서부전선 이상 없다〉에서도 이런 장면의 묘사는 볼 수 없다. 전쟁은 분명 비정상에 압도된 체험이다. 그러므로 전쟁문학 작품은 그 비정상적인 것에 압도되어 끌려가게 마련인데 그와는 달리 어떤 상황에서도 변치 않는 인간적인 정경을 성실하게 담고 있다는 점에서 카롯사의 〈루마니아 일기〉는 영원한 고전으로 우리 곁에 머물게 되리라.

그의 작품을 말할 때 예외 없이 인용되는 이야기로 새끼 고양이 이야기가 있다. 그의 부대가 헝가리에 진주했을 때의 일이었다. 숙영한 농가에 고양이가 많은 새끼를 낳았다. 그 집 주부는 먹을 것이 없는 상황을 생각해서 머슴을 시켜 새끼 고양이를 모조리 죽이게 한다. 어린 머슴은 시키는 대로 새끼 고양이를 차례로 벽에 내리쳐 죽이는데 그 중 한 마리가 다시 살아나 부엌에서 식사를 하는 머슴에게로 와서 몸을 비비댄다. 머슴은 정성을 다해 이 어린 목숨을 살려내려 하지만 결국 며칠 후에는 죽고 만다. 그러나 이 일이 있은 다음엔 그 머슴은 사람이 달라진다. '전보다는 얼굴이 긴장하고 걸음걸이도 확실해졌다' 라고 목격자 카롯사는 서술한다.

이 새끼 고양의 이야기가 유명한 것은 그것을 그의 전쟁문학 작품 속에 삽입한 그의 태도에 있는 것으로 생각된다. "앞으로 한 시간의 여유가 있기에 새끼 고양이들의 괴롭고 짧은 얘기를 적어두자. 이것도 내 생활의 일편이다." 이렇게 말하고선 카롯사는 새끼 고양이 이야기를 삽입하고 있다. 비정상 상황의 극치인 전쟁 속에 카롯사는 '생활의 일편' 을 끌어들이고 있는 것이다. 광란 속에서도 끊어지지 않는 끈끈

한 일상의 유대, 이 유대가 있기 때문에 잡다한 테마의 모임인 〈루마니아 일기〉라는 작품이 마침내는 장엄한 둔주곡(遁走曲)으로 완성되었고, 바흐의 20세기적인 부활이라고도 칭송받게 되는 것이 아닐까?

카롯사가 겪은 전쟁이란 결국 성 게오르크가 싸운 악룡(惡龍)의 화신에 지나지 않았던 것이다.

월간 〈빛〉 1990년 8월호

# 아달베르트 슈티프터의 〈크리스마스이브〉

　인간 생활의 아름다움, 자랑스러움을 언제나 나직한 목소리로 얘기해주는 아달베르트 슈티프터, 그의 얘기는 사람들의 가슴 깊이 스며들고, 지워지지 않는 여운을 준다. 그는 19세기 중엽의 뛰어난 독일 소설가의 한 사람이다.

　슈티프터는 괴테의 문학 정신을 더욱 경건하게, 더욱 내면적으로 살린 독문학의 새 흐름의 창시자이다. 그의 진가는 그의 생전에 충분히 평가받지 못했다가 니체를 통해서 처음으로 세상에 크게 알려지게 되었다.

　슈티프터는 1805년, 당시에는 오스트리아에 속한 보헤미아의 남부, 몰다우 강변의 세습적인 가톨릭 교구인 오베르플란이라는 작은 마을에서, 심한 눈보라가 치는 날에 태어났다. 증조부 때부터 삼베 짜기

집이었던 소시민적 가정에서 태어난 그는 어려서부터 보헤미아의 숲 속의 생활에서 자연과 친숙했고, 경건한 어머니와 정신력이 강한 조모의 영향을 강하게 받으면서 자랐다고 슈티프터 자신이 말했다.

그는 오스트리아의 크렘스뮌스터에서 베네딕트회가 운영하는 수도원학교를 7년간 다녔다. 아름다운 자연환경과 훌륭한 시설을 갖춘 이 학교에서 신앙생활에 충실했고 자연과학에 몰두했으며 문학과 더불어 음악과 회화에 친숙하였다.

1825년에 빈 대학에 입학하여 법학을 전공했다. 대학시절에 가정교사도 하고, 뼈아픈 실연도 하고, 그의 문학적 재능이 싹트기 시작했다.

그의 초기 단편소설들은 1844년부터 〈습작집〉에 발표됐다. 그의 대표작이 될 수 있는 단편소설들은 1853년에 출판된 〈돌, 각양각색〉에 들어 있다. 이 작품집에 단편 〈수정〉이 있는데 이것이 이제부터 소개하려는 〈크리스마스이브〉(聖夜)의 별칭이다.

이 단편은 처음엔 잡지 〈현대〉에 발표됐는데 슈티프터의 강한 신앙심과 따뜻한 인간애가 토대가 되고, 그가 자연과 인간의 관계를 면밀하게 관찰하고 연구한 것이 반영돼 있다.

아이가 없었던 슈티프터의 만년은 쓸쓸했고, 간장암에 시달리던 그는 1868년에 스스로 목숨을 끊다시피 세상을 떠났는데 그가 출생한 날과 마찬가지로 흰 눈이 쏟아지는 가운데 안장되었다.

"그것은 정의의 법칙이며, 예절의 법칙이며, 그 법칙은 각자에게 존중되고 존경되어 안전하게 지켜져서 다른 것과 함께 병존하고 비교적 고차원의 자신의 인생행로를 걸을 수 있게 되고, 각자가 다른 사람들에게 보옥(寶玉)처럼 어울리고 또 보옥으로서 존중되기를 요구하는 것이어야 한다." 이렇게 말한 슈티프터는 자연을 지배하는 법칙을 인생에도 적용한다는 점에서 괴테 사상의 맥을 바르게 계승한 작가로 평가된다.

단편 〈크리스마스이브〉의 이야기는 교회의 축제 가운데서 가장 엄숙하고 즐거운 추억을 사람들의 마음에 안겨주는 성야에 주인공인 어린 남매에게서 일어난 일로 시작된다. 오스트리아의 높은 산맥의 계곡에 구샤이트라는 가난한 마을이 있다. 이 근처의 다른 촌락처럼 마을은 고립되어 있고 산 하나를 넘어 있는 밀스도르프라는 마을도 거의 고립돼 있다. 마을 남쪽 높은 설산과 이어진 산줄기를 '목'이라고 부르는데 그곳에는 옛날 빵장수가 조난당한 것을 표시하는 붉은 조난 기둥이 이정표 구실을 한다.

여기서 길이 갈라져 설산과 목을 넘어 밀스도르프로 가게 된다. 구샤이트 마을의 솜씨 좋은 구두장수가 밀스도르프의 부유한 염색공장 집의 아름다운 딸을 아내로 삼았다. 두 사람 사이에 태어난 아이는 엄마와 마찬가지로 구샤이트 마을에서 이방인 취급을 받는다.

그러다가 구두장수의 아내는 어느 날씨가 좋은 크리스마스이브에 아직 어린 맏아들 콘라트와 딸 잔나를 외갓집에 다녀오게 한다. 남매는 '목'을 지나면서 조난 표시의 붉은 기둥이 넘어져 있는 것을 본다.

오누이는 염색공장을 하는 외갓집에 무사히 도착했고, 거기서 다시 귀갓길을 오고 있었는데 갑자기 날씨가 나빠지더니 눈이 내리기 시작했다. 고생 끝에 조난 표시 기둥이 있는 곳까지 왔지만 그 기둥이 눈에 묻혀 보이지 않아서 오누이는 길을 잃고 만다. 그래서 오빠 콘라트는 누이동생의 손을 잡고 '어린아이와 동물만이 갖는 지구력과 힘을 가지고' 걷기를 계속한다.

그러다가 오누이는 얼음동굴을 발견하고 그 속에 들어가 밤을 새운다. 그때 골짜기 마을에선 크리스마스이브 축제가 한창이었다. 두 아이는 동굴 속에서 외조모가 끓여준 커피를 마시면서 추위를 견딘다. 갑자기 하늘에 녹색 빛이 나타나서 천천히 별들을 누비면서 흐르는 것이 보인다. 오누이는 그것을 보면서 잠에 빠지지 않고 밤을 샌다. 그러다가 두 아이는 그들을 찾으러 나선 양쪽 마을 사람들에게 구조된다.

"엄마, 난 어젯밤에 예수님을 봤어요." 구출되자마자 잔나가 어머니에게 한 이 말을 아무도 의심하지 않았다. 그리고 이 조난과 구조가 계기가 돼서 늘 이방인으로 취급받던 구두장수의 아내와 아이들은 구샤이트 마을 사람으로 받아드려지게 된다.

작품 〈크리스마스이브〉에서 오누이가 겪은 '성야'의 맑고 강한 체험이 배타적인 두 마을 사람들의 마음을 풀어주고 공동체의 의식을 되찾게 하였다는 것을 먼 19세기 오스트리아의 산간지대에서 일어난 얘기로만 돌릴 수 없다. 이 이야기는 남북으로 갈라져 이질적이며 배타적인 오늘의 한국인들에게 시사하는 바가 적지 않다. 그리고 이 작품이 들어있는 단편집 〈돌, 각양각색〉에 서문이 있는데 그것의 마지막 구절은 어쩌면 우리 한국인을 위해서 쓴 것 같은 착각을 일게 한다. 다음이 그것이다.

인류의 향상에 대해서 할 수 있는 것 같은 말을, 그 타락에 있어서도 할 수 있게 된다. 몰락해 가는 민족이 맨 먼저 잃어버리는 것은 절도이다. 그들은 부분적인 것을 목표로 한다. 눈앞의 것에 사로잡혀 자질구레한 보잘 것 없는 것에 달려들어 제약된 것을 보편적인 것의 상위에 둔다. 다음으로 그들은 향락과 관능적인 자극을 찾아, 이웃에 대한 증오와 질투를 만족시키려 한다. 그들의 예술에 있어서는 단 한 가지 입장에서만 타당한 일면적인 것, 다음으로는 혼란한 것, 엉뚱한 것, 진귀한 것, 나아가서는 관능을 자극하고 도발하는 것, 그리고 최후에는 부도덕과 죄악 등이 묘사된다. 또한 종교에 있어서 내면성은 단순한 형해(形骸) 또는 방탕한 광신으로 변질하고, 선악의 구별을 잃게 되고, 개인은 전체를 경멸하고, 자신의 쾌락과 파멸을 좇아다니게 된다. 이렇게 해서 그 민족은 스스로의 내적 혼란의 희생이 되든가, 보다 흉포하고 보다 강력한 외적(外敵)의 밥이 되고 만다.

월간 〈빛〉 1990년, 9월호

# 전후 독일문학의 동향

1932년은 괴테의 백주기를 맞는 해였다. 세계 각국의 저명한 잡지들은 괴테 기념호를 시도하고, 문학에 종사하는 사람들은 이 위대한 인격과 그의 작품에 경건한 존경을 표했다. 금세기 2차 대전을 통해서 세계의 저주를 받게 된 독일이 괴테의 덕택으로 만인들로부터 감사의 눈길을 받은 것이다. 괴테의 〈파우스트〉 같은 참된 고전은 인간 예지의 극치로서, 대립과 항쟁, 증오와 저주를 넘어서 영원히 인류의 가슴 속에 생생히 기억되며, 감명을 주는 것이다. 전후의 폐허 속에 독일문화의 근원적인 저력의 종합이라고 할 수 있는 괴테의 상에 무명인사가 걸어온 화환의 에피소드가, 독일문학의 재기를 약속하고, 불행이 심하면, 심할수록, 이것을 극복하며, 새로운 문화의 창조를 이룩하려는 그 국민의 정신을 보여주는 것이리라.

1945년 제2차 세계대전의 종식과 더불어 나치스 정권은 사라져 갔다. 이제 문화의 모든 영역과 마찬가지로 문학도 단절된 역사의 벽을 극복하여 새로운 모습을 드러내려는 노력을 시작하게 되었다. 그러나 한 동안은 문학의 진공상태를 면할 수 없었던 독일의 문학 풍토에 물밀듯이 범람하는 외래사조의 진입을 경험하지 않을 수 없게 되었다. 세계문학의 개념을 최초로 자립적으로 세운 것은 괴테였다. 그에 의하면 세계 각국은 각자가 고유의 문학을 가지고 있는 이상, 세계적으로 교섭하고 교류하여 상호간에 정신적 생산 활동을 자극하고 격려해야만 한다는 것이었다. 따라서 한나라의 문학이 세계적으로 교섭할 때는 단순히 정적인 자세에서 수용하는데 그치지 않고, 동적으로 상호협력의 자세에서 할 수 있어야 한다고 했다. 여기서 문제되는 것은 각국의 주체의식이었다. 그것을 통해서 각국은 그와 접촉하여 자기 속에서 존재하는 숨은 가치를 발견하여 이를 작품화하고, 이것을 세계문학의 광장에 제시함으로써 그에 공헌해야 한다는 것이다.

그러면 전후 독일은 이제 상실된 주체성을 단절된 역사의 지점에서 어떻게 찾아 외래문학사조를 받아들임과 동시에 자국의 문학을 새로이 창조해 갈수 있었을까?

그들은 우선 온갖 시속을 다 겪으며, 나치스의 독재 정권에 복종을 거부하고 외국에서 줄기찬 항쟁을 지속한 '저항문학' 에서 전후 문학의 유일한 토대를 찾으려했다. 하인리히 만과 토마스 만, 슈테판 츠바이크 등을 비롯한 해외 망명 시인과 작가가 상당히 많았다. 그 외에 벨겐그륀이나 에른스트 윙거처럼 국내에 머물러있으면서 소극적으로나마 자기의 정신적 자유를 지켜간 사람들과 뷔헬트처럼 나치 강제소용소에 들어간 사람들도 있었다. 독일의 전후문학은 우선 이들의 작품 활동의 지속에서 시작되고, 차츰 신인들을 배출하게 됨에 따라 양상을 달리하게 되었다. 그러나 독일의 특수한 정치적 여건은 문학의 발전에도 숙명적인 영향을 주었다.

전 독일정세의 축도라 할 수 있는 베를린이 상징하듯이 독일인은 긴장과 위기감각을 안은 채 분단된 국토에 있다. 이러한 환경에서 문학도 정치양상에 지배되어 공산주의를 옹호하는 동독의 '사회주의의 리얼리즘' 의 문학과, 특정한 주의 사상의 제약을 받지 않고 다방면적으로 인간정신의 자유로운 개화를 지향하는 서독문학으로 양분되어 있다. 이리하여 오늘날 독일의 문학은 현대문명과 정치의 강력한 대결의 틈바구니에서 자신의 생존이유를 확증하려는 끈덕진 노력을 지속하고 있다.

결국 전쟁이 남기고 간 상처를 이겨가며 폐허처럼 의지할 곳 없는 현실에 살면서, 절망과 허탈감을 극복하고 새로운 문학의 비약을 시도하는 것은 쉬운 일이 아니었다. 그러나 한때 유럽 문명의 역군임을 자랑하는 이들의 재기 의욕은 강력한 정신적 뒷받침을 필요로 했다. 그러한 정신적인 뒷받침으로 우리는 자유를 희구하는 인격사상과, 인간성 존중의 정신이, 다시 그 근간을 이루고 있는 기독교 정신과 더불어 강력한 생명을 보존해 가고 있음을 알 수 있다. 이러한 정신적 원동력에, 독일인의 근면성과 성실성이 결합되어 그들은 우선 경제적인 번영의 기틀을 마련해 갔다. 이러한 과정에서 정신적인 긴장도 완화되고, 창작에의 새로운 의욕도 소생하게 됨에 따라 문화의 모든 영역에 있어서와 마찬가지로 문학에 있어서도 차츰 새로운 시도가 성공하기에 이르렀다.

1974년은 전후 문학사상 특기할만한 해가 되었다. 볼프강 볼헤르트가 희곡 〈문밖에서〉를 써서 번역극과 고전극의 상연에 의지하여 오던 전후 독일의 무대에 새로운 선풍을 일으켰다. 이외에 〈그룹 47〉이라는 문인들의 모임이 시작되었다.

〈그룹 47〉은 전쟁말기에 남부 전선과 아메리카에 있어서 포로생활을 취급한 소설 〈패배자들〉의 작가 한스 붸르너 리히터(1908~)가 주도자가 되어서 예술가와 저널리스트를 모은 서클이다. 이들은 특정의 강령을 가진 단체도 아니고, 정치적인 경향을 가진 단체도 아니었다. 젊은 시인, 작가들이 모여서 자기들의 미발표 작품을 읽고, 토론하는 모임이었다. 전후 문인들의 강인한 창작의욕을 보여주고 있는 것이다.

이들은 1964년에는 조심성 많은 스웨덴 정부의 초청으로 36명이나 스웨덴을 다녀왔고 또 금년에는 프린스톤 대학 초청으로 미국까지 다녀왔다는 것은 〈그룹 47〉이 이제 성장해가는 현대 독일문학을 유럽으로, 나아가서는 전 세계로 비상시키려는 도약대의 역할을 해나가고 있음을 증명한다. 이 그룹에서 오늘날 특히 중요한 역할을 하는 작가가 〈발타펫라라〉교수이다. 그는 대학에 창작과를 설치하고 문단과 교단의 교류를 시도했다. 이제까지 작품본위가 되어야 할 문학연구를 지나치게 이론화하고 형이상학화했든 독일문학 연구의 망점을 지적하여 문학을 철학에서 해방시켜 그 자체에서 독일적인 가치를 발견하려는 의도를 잘 표현했다. 한편 그는 장편 〈양철북〉을 들고 나온 귄터 그라스를 발견했다. 이 소설은 그로테스크한 현실 해부의 대상을 나치스 독일의 전성기에서부터 1954년에 이르기까지 찾고 있다는 데서 적지 않은 파문을 일으켰다.

한편 프랑스 실존주의 문학에 자극을 받아, 카프카 작품의 진리를 알게 된 독일에 있어서 실존주의적 경향도 문제 삼지 않을 수 없다.

그 중에서 현대에의 문명비평의 요소를 강하게 풍기고 있는 헬만 카자크의 〈흐름 뒤에 있는 도시〉와 발터 옌스의 미래소설 〈아니-피고의 세계〉, 에른스트 융거의 〈헬리 오폴리스〉가 중요한 작품이었다.

전후의 뚜렷해진 현상으로서는, 보고, 일기, 기록 등의 형태로 출판된 작품이 많았다. 그리고 세계적 현상의 일환으로서 그리스도교 계열의 작가들도 상당히 활약하고 있다. 그 중에서 그리스도교의 입장을 고수하면서 전후에 가장 두각을 나타낸 작가로 하인리히 뵐을 들 수 있다. 〈그리고 아무 말도 하지 않았다〉 등의 소설을 쓴 뵐은 허식 없는 문체와 성실한 작풍으로, 현대의 황폐 속에서도 부서지지 않는 것을 찾아내고 있다.

그러나 우리가 전후 독일문학에서 간과할 수 없는 사실이 있으니 그것은 시인, 작가들이 현실참여에의 의욕을 자각해 가고 있는 것이다.

우리는 독일을 '라인강의 기적'으로 연상한다. 한 기적이 역사의 엄청난 죄악을 속죄하고 독일의 양심을 되찾으려는 의욕에서 이루어졌다는 것이, 경제적으로 부유해졌다고 해서 역사의 상실이 가져온 독일민족의 정신적 빈곤이 해소된 것은 아니다. 귄터 그라스의 〈양철북〉은 이러한 모순과 불안을 경고하기 위한 것인지도 모른다. 따라서 자각한 현실참여를 지향한 노작이라 하겠다. 한편 호호훗의 희극작품에서도 우리는 파문이 큰 사회참여의 면을 볼 수 있다. 이제 고발문학에서 뛰어나와 줄기찬 현실참여를 부르짖는 시인, 작가들은 역사의 단절과 독일의 양심이 상실된 상태에서 원상회귀를 부르짖고 있다.

여기에 그들의 정신적인 중심지를 찾으려는 노력과 통일에의 집념도 날이 갈수록 강해짐을 느낄 수 있다. 20세기에 이르러 병든 독일을 짊어지고 가는 것이다.

〈그룹 47〉의 회원인 우베 욘손의 〈아킴에 관하여 쓰려던 세 번째 책〉이라는 작품은 '프랑스 국제문학상' 수상작품이다. 독일은 그들의 경제력에 의해서 자유로운 독일의 통일을 확신하고 있다. 그러나 분단된 독일의 통일은 경제나 정치의 힘만으로 이루어진다고 보지는 않는다. 우베 욘손은 그의 작품 속에서 독일의 통일을 염두에 두고, 서부 유럽의 정신을 되찾으려고 하는 것이다.

사실상 1965년도에 있어서 독일문화의 베를린복귀는 기정사실처럼 되었다. 끊임없는 〈그룹 47〉의 노력이 숙원을 이룬지도 모른다. 1965년 11월 21일 베를린 근교 '반제 호수' 호반에서 개최된 〈그룹 47〉의 연례대회에 외국 잔류 작가들까지 대거 참여했다. 이곳이 독일이 낳은 세계적인 극작가 '클라이스트'가 자살한 곳이며, 또한 같은 날짜였다는 것이 그들의 '역사에 대한 동경'으로 보여지는 것이다. 최근에 독일문제작이 된 우베 욘손의 〈두 가지 견해〉 역시 독일의 분단을 인상 깊게 그리고 있다.

한편 시에 있어서 전후문학을 대표한 사람은 표현주의에서 출발한 고트프리트 벤이었다. 주지주의적이고, 언어에 의한 형식의 작업을 추구했던 그는 〈정력의 시편〉 외에 수많은 에세이를 남겼다. 그는 언어의 무게와 힘과 자부심으로 타의 추종을 불허했다. 그리고 예술에 있어서 정신작업을 절대시한 오스카 레르케와 빌헬름 레만의 자연서정시도 중요하다.

서독의 문학은 이제 새로운 시기를 자각해가고 있다. 죽음에 이를 정도의 타격을 받고 비참한 현실에 절망과 허탈감을 느끼면서도 라인강의 기적을 이룩한 그들의 의욕적인 집념은 이제 문학에 있어서도 단절된 역사의 틈바구니를 메우고 단순한 고민과 애환과 니힐리즘의 정신지대를 넘어서서 현대세계에 눈을 돌리고 현대가 제시하는 과업에 끈덕진 참여에의 의지를 살려가면서 활력에 찬 비약과 상승의 발판을 구축해가고 있다.

〈서강타임스〉 1966. 11. 15

# 통독의 가시화와 독일문화

"동독에서 계속 살고 싶은가요?"

"아니오. 서독에 가서 살고 싶어요."

"왜 그런가요?"

"먹고 싶은 걸 먹고 살고 싶어서요. 여기서도 배는 곯지 않아요. 하지만 똑같은 배급 식량이니 어디 입맛에 맞는 걸 골라 먹을 수 있어야죠."

"서독에 가면 그렇게 할 수 있다는 이유는 무엇인가요?"

"TV를 보고 알고 있지요."


이는 필자가 지난 해 5월에 동독 '바이마르 괴테협회'의 초청으로 그곳에서 열린 학술 발표회에 참석하는 동안 처음으로 묵게 된 동독

바이마르의 한 호텔 보이와 주고받은 대화이다. 중년 호텔보이의 이처럼 서슴없는 답변에서 박탈당한 자유에 대한 소시민들의 갈구가 얼마나 강렬했던가를 반년이 훨씬 지난 지금 베를린 장벽의 붕괴와 함께 쏟아져 나오는 동독인들의 모습을 TV를 통해 지켜보면서 새삼 상기하게 된다.

그때 필자가 동독 바이마르(괴테는 기왕에 이 소도시에서 '바이마르 왕국'의 재상을 지내기도 하고 창작생활을 하면서 58년을 보냈다)로 갈 때는 서독 프랑크푸르트 역에서 출발하는 기차 편이었다. 필자가 탄 객차에 가득 탄 동독인들은 거의가 정년을 넘은 사람들이었다. 그때 그들의 대화는 주로 먹는 것에 관한 내용이었고, 서독에서 가지고 가는 물건도 커피와 같은 기호품이 주류를 이루고 있었다.

그렇다고 오늘과 같은 동서독일의 화해와 그 막을 수 없는 교류의 물결이 '반드시 먹는 것'에 대한 욕구충족을 위해서라고 생각할 수는 없다.

서독에서 만난 그곳 지식인의 대부분도 이대로는 견딜 수 없다는 그들 나름대로의 '욕구'를 가지고 있었고, 동독에서 만난 명 안 되는 지식인들도 같은 '욕구'를 가지고 있다는 사실을 확인할 수 있었기 때문이다. 그 욕구는 '독일적인 것'에 대한 것이라고 필자 나름대로 판단

했다. 지금 생각해보면서 당시 동독 호텔보이의 증언이나 동독으로 가는 기차 안에서 들은 동독인의 대화도 바로 그렇게 해석할 수 있을 것 같다. 즉, 그들은 배고픔을 달래야 하던 고난의 시기는 넘어선 지 오래다. 패전과 그 뒤에 따른 경제적 난국을 정도의 차이는 있지만 동서양쪽 모두가 극복하게 된 오늘에 그들은 '독일인다운 식사를, 생활'을 원하게 된 것으로 생각할 수 있을 것 같다.

그럼 무엇이 '독일적'인가? 독일인이 통일된 독일을 가진 것은 최근세사의 일이다. 그들은 같은 독일인이면서 여러 개의 왕국으로 나뉘진 봉건 군주국의 체제에서 살았다. 그러나 그 군주국의 경계선은 여느 국경과는 물론 달랐다. 독일인들은 자유롭게 왕래하면서 독일어로 교류하면서 살았고 그런 가운데서도 오늘의 전 인류에게 꾸준한 즐거움을 주는 예술을 창조해냈다.

그들의 영토적 분할은 몇몇 집권자들에 의한 통치 편의를 위한 구획일 뿐 독일인은 늘 독일인으로서 독일인의 생활을 해왔고 그 생활속에서 독일의 문화를 이룩해왔던 것이다. 그러던 그들이 패전 후에는 어쩔 수 없이 점령국인 미국과 소련의 영향권 속에 들게 되었다. 점령군이 원하는 정치형태에 따라 그들의 생활 패턴이 달라졌다. 이제 동서독은 이 패턴에서 벗어나 원래의 독일인이 쌓아온 생활의 패턴으로 되돌아가려 하고 있다. 강조하고 싶은 것은 독일인의 생활 패턴이라는 것 혹은 독일적인 것을 이끌어온 것은 다름 아니라 독일의 문화, 특히 독일문학일 것이라는 점이다. 이와 관련 지난 5월 동독 바이마르에서 열린 '바이마르 괴테협회' 제71차 학술발표회(2년마다 열림)에 전 세계의 학자 1천6백 명이 참석했다는 사실을 중시하지 않을 수 없다. 괴테와 실러의 두 거장이 독일어로 만들어낸 독일정신의 정화가 오늘날에도 전 세계인의 것으로 실재하고 있는 사실은 보기에 따라서는 베를린의 장벽이 무너진 것 이상의 충격일 수 있지 않겠는가.

오랫동안 독일을 분할해온 정치적인 힘이 세계 속에서 독일인과 독일 문화의 성장에 아무런 저해의 요소일 수 없었다는 사실을 우리는 좀 더 주목해야 할 것 같다. 실제로 베를린의 장벽이 장벽의 기능을 잃은 것은 이른바 정치형상이나 정치적인 작위가 아니라 전체 독일인의 의지였다는 점에 우리는 좀 더 깊은 관심을 기우려야 할 것 같다.

독일인이 독일인답게 살고 싶은 욕구가 토대가 되어 있기 때문에 시대에 따라 변천할 수 있는 정치로는 통제와 조작이 불가능한 것이라고 필자는 생각하고 싶다. 그리고 이 욕구는 생리적인 것이 아니라 문화적인 것이며 독일은 오랜 시간에 걸쳐 공유하는 문화의 울타리를 만들고 있었던 것이다.

그리고 이 문화의 울타리는 바로 괴테와 실러 그리고 가깝게는 토마스 만과 같은 문학의 거장들, 바흐와 베토벤과 같은 음악가들이 지주라고 생각할 수 있을 것이다. 물론 이들 거장들의 창작도 그들 개개인의 상상력만으로 일구어진 것이 아니라 독일어를 쓰는 민족의 체험 전체를 원천으로 삼았기 때문에 이들의 작품이 독일문화의 울타리를 지탱하는 지주의 역할을 할 수 있게 된 것이다.

이 지주에 의지해서 독일인들은 꾸준히 서로를 이해하는 노력을 계속해온 사실을 잊어서는 안 될 것이다. 그들은 일찍부터 서신을 교환해왔고 연로한 사람들이 자유롭게 왕래했으며 서로 TV를 보고 라디오를 들을 수 있는 조치를 취해왔다. 이를 가능케 한 것은 바로 독일 문화라는 공통의 울타리였고 그것이 독일의 통일을 이토록 빠르게 가져오도록 한 것이다.

〈세계일보〉 1990. 2. 7

# 독일문학 연구방향

    광신과 파괴와 혼란의 반세기에서 안정과 총체성과 정통을 지향하게 된 것은 전후의 유럽의 정신적 측면을 단적으로 설명하는 게 된다. 그러나 그것은 학문적인 연구 분야로서의 독일문학의 현황을 설명하는데 매우 적절한 표현이 되기도 한다. 지난번 내한한 자유 베를린 대학의 렘메르트 교수는 특히 이 사실을 우리에게 강조해 주었다.

    1883년에 출판된 쉐러의 〈독일문학사〉는 이 영역의 노작으로서는 최초의 책이었을 뿐 아니라 그가 이 책을 정리해 나가는데 일관한 주조, 즉 인식 발견되는 것에만 한한 자연과학적인 분석의 태도를 보여주었고 딜타이는 같은 해에 쓴 〈정신과학입문〉에서 정신과학은 사회 현실 속에서 무엇이 독특하고 개성적인가를 규명하는데 있다고 함으로써 정신과학의 분야를 새로 확립하는데 그 기조까지 제공한 것이다.

다시 말해서 이 정신과학은 문학연구의 기본 태도를 '사회현실 속에 투영된 그림자의 분석'과 같은 극단적인 역사 우위(문학작품창작의 배경으로서)에 기울어지게 한 것이다. 물론 우리는 이러한 독일문학연구의 주객전도적인 오류를 합리화하고 조장한 데에는 가까이는 나치즘의 역할을 간과할 순 없다. 그러나 이것은 이미 지나간 사실이다.

결국 이 오류의 과거를 씻기 위해서 독일은 카이저 교수의 〈문예학입문〉, 웨레크 교수의 〈문학이론〉등을 근거로 한 문학연구에 있어서 역사성의 말살의 경향을 달리던 전후의 한 때가 필요했던 것이다.

우리가 이 과오의 시정과정에서 특히 주목할 만한 사실은 방법의 개선이라는 직접적인 영위만이 아니라 교단과 문단의 교류라는 움직임이 있었고, 그것이 이 작품에 관한 실론과 유리된 이론전개의 기교의 전통을 깨트리는데 공헌한 점이다. 즉 고도로 상아탑화한 독일대학의 문학내에 현역작가의 강의를 끌어드리는 일이 일어났으며, 1959년부터는 창작과를 창설한 대학이 생기게 되었다. 이 일에 관해서는 창작자일 뿐만 아니라 독일 문단에서 가장 규범적인 비평가인 베를린 공과대학 교수 화라라의 공헌을 평가하지 않을 수 없다. 그는 독일에서 유일한 문예지인 〈아크젠트〉를 편집하면서 전위적인 신인 작가의 발굴에 힘쓰고 있다.

최근 세계적으로 문제가 된 독일의 작가 귄터 그라스의 재능도 그가 처음으로 발견한 것이다. 그리고 〈기계문명시대의 언어〉라는 잡지를 편찬 하면서 오늘날 우리가 메커니즘의 대중노릇을 하고 있는 언어의 순수성의 보호라는 점에도 많은 노력을 기울이고 있다. 이렇게 해서 독일문학 연구의 주류는 차츰 문학작품의 총체적인 파악을 위해서 작품자체에 대한 직접적인 접근과 학문적인 비판의 공동 작업이 이루어지고 있는 것이다. 그러나 필경 인간의 모든 정신적인 경위는 역사성이라는 차원의 규제를 면할 길이 없다. 말할 것도 없이 문학작품 연구의 목적은 오늘의 문학을 어떻게 생산하며 어떻게 존재시키는가에 있다. 그러므로 이 '오늘' 의 모체로서의 '어제' 는 불가분의 관계이며 '어제' 와 '오늘' 의 연결 속에 '역사' 가 성립하는 것이다.

또한 오늘의 독일문학연구에서 '통일독일' 의 관점이라는 것이 문제권내에 들어오게 된다. 문학작품은 정히 우리와 함께 존재하고 있으며 우리의 존재를 규제하고 영향하고 있기 때문에 민족분단이라는 오늘날의 독일의 운명을 외면할 수 없는 것이다. 그러므로 독일문학연구는 이 문제를 포함해야 할 뿐 아니라 공산주의의 또 하나의 권위주의에 도전하고 또 그것이 스스로 협소하게 하는 역사의 다양성에 대해서도 광역의 연구와 접근이 시도되고 있는 것이다. 오늘날 독일문학의 활동의 장이 서베를린을 거점으로 하고 있는 사실은 이런 독일문학의 특수성을 시사하고 있는 것이다.

요컨대 오늘날의 독일문학연구는 과거의 민족적 체험을 분석하고 그것으로 말미암아 타락한 학문의 정도를 찾고 또한 자유로운 시민생활의 역사에 순응하도록 활발한 움직임을 보여주고 있다.

〈서강타임스〉 1968. 3. 16

2부

내가 걸어온 길

# 어린 시절

"우스운 얘기부터 하나 하지요. 초등학교에 갓 들어가면서 동네 교회를 다니기 시작했어요. 캐나다에서 선교사로 오신 분이 눈동자는 파랗고 머리털은 갈색이었지요. 어찌나 신기했는지 몰라요. '눈이 저렇게 파란데도 잘 보일까? 또 색깔을 볼 수 있을까' 하는 생각이 문득 들더군요. 그래서 목사님 앞에 가서 제대로 보나 하고 손을 펴 흔들기까지 한 일이 있었어요. 허허허."

이 분이 우리나라에 도이칠란트 문학을 번역 소개하는 데 커다란 발자취를 남기고 있는 서강대학교 곽 복록 교수(64살)이다.

곽 할아버지가 태어난 곳은 항구 도시인 함경북도 남단에 있는 성진시.

"커다란 배들이 많이 드나드는 드넓은 바다를 바라볼 때마다 끝나는 데까지 가보고 싶은 생각이 뭉게뭉게 피어오르더군요."

곽 소년은 이처럼 꿈이 많았다. 혼자 부둣가에서 상상의 나래를 펴는 일이 흔했다.

"초등학교에 들어가기 전에 서당에서 천자문을 배웠지요. 나도 그랬지만 다른 친구들도 천자문을 잘 외지 못해서 훈장(서당 선생)에게 종아리를 자주 맞았어요. 한 번은 어머니가 들려주신 '장화홍련전' 이야기를 머릿속에 그리며 딴 데 정신을 쏟고 있다가 아주 혼난 일이 있지요."

곽 소년의 어머니는 옛날이야기책이나 소설을 읽기를 그리도 좋아했다고 한다.

"밤만 되면 '춘향전' 이나 '콩쥐팥쥐' 의 이야기를 소리 내어 읽곤 했어요. 그런 이야기를 듣는 게 무척 좋았어요. 꼭 어느 동화의 나라에 간 듯한 느낌이었어요. 잠이 들었다가 깨어보면 어머니는 그때까지도 그런 이야기책을 읽고 있었어요."

곽 할아버지는 이런 환경이 문학에 관심 갖게 했고 뒷날에 독문학 연구에 발을 들여놓게 된 한 계기가 됐음에 트림 없다고 말한다.

이를 미루어 봐도 어린이에게 동화 들려주기는 꿈을 키우는 등 매우 중요한 구실을 하는 것이 아니겠느냐고 되물은 곽 할아버지는 요즈음 어머니들도 재미있는 이야기책을 어린이들에게 소리 내어 읽어주면 참 좋을 것이라고 조심스럽게 얘기한다.

7살에 성진시 '욱 초등학교'에 들어간 곽 소년은 다른 과목도 잘했지만 특히 국어 산수 역사 공부에 뛰어나 친구들의 부러움을 샀단다.

"4학년 때였던가 봐요. 시험 시간에 옆자리 친구의 시험지를 슬쩍 봤더니 답을 거의 쓰지 못하고 있더군요. 답을 가르쳐 주다 선생님에게 들켰는데 이게 집으로 통지가 와 어머니에게 꾸지람을 심하게 들은 적이 있어요."

말썽 없이 착실하게 초등학교를 졸업한 곽 복록 소년은 서울로 와서 휘문중학교에 입학한다. 고향을 떠나 서울서 유학한 셈이다.

"중학교 땐 운동에 취미가 생겨 축구 야구 배구 등을 가리지 않고 즐겼어요. 특히 야구에는 미치다시피 했지요. 학교 야구 주장으로 여러 야구 대회에 나가 경기를 이끌어 봤어요."

곽 할아버지는 중학교 때 수학 선생이 그렇게 멋있을 수 없었단다.

"수학시간은 대개 두렵고 딱딱하게 느껴지잖아요? 그런데도 그 분은 봄바람과도 같은 훈기를 풍기시는 분이었어요. 재미있게 가르치시기도 하지만 그보다 일정시대인데도 일본인들이 보라라는 듯이 한복만을 꾸준히 입으시는 당당한 어른이었어요. 또 칠판 글씨를 또박또박

힘차고 아름답게 썼어요. 그 글씨를 닮으려고 노력했는데 끝내 그러지 못했어요. 지금 내가 학생을 가르치면서 안타까움이 더해요."

곽 할아버지는 그 증거로 기자에게 방금 해준 사인 글씨를 보라면서 껄껄 웃는다.

그러나 곽 할아버지는 그런 훌륭한 스승을 만났었기에 자신도 평범하면서도 인자하고 성실한 스승이 되고자 끊임없는 노력을 기울이며 그런 마음가짐으로 살아가게 되었다고 즐거워한다.

도이칠란트 소설 30 여 편을 번역 소개하고 독문학 연구의 외길을 걸어 온 "내 인생은 학문의 길이자 동시에 문학의 길이었다"고 돌이킨다.

도이칠란트 철학과 문학을 동경해 독문학의 길로 들어섰다는 곽복록 교수는 지금까지 토마스 만의 '마의 산' 이 가장 마음에 들었고, 멋진 번역을 했을 때 가장 기쁘고 삶의 보람을 느낀다고 털어놓는다.

소년 한국일보 / 1986. 0. 11, 6면

# 나의 어린 시절

도스토예프스키의 장편소설 〈카라마조프 형제〉에 들어 있는 '돌 위의 연설'에서 막내가 아이들에게 다음과 같은 연설을 한 것으로 기억된다. "아름다운 추억을 만들어라. 사람은 어렸을 때 만든 단 하나의 추억만을 가지고도 인생을 송두리째 무너뜨릴 곤경에서 구원될 수 있다"

이 장편소설의 등장인물이며 줄거리마저도 잊어버릴 만큼 세월이 흘렀지만 유독 이 대목만을 잊지 않고 있는 것은 그동안 살아온 나의 적지 않은 인생을 통해서 이 말이 실감 있게 체험되었다는 것을 뜻할지도 모른다.

어렸을 때 얻은 단 하나의 아름다운 추억, 그것이 그 사람의 인생에서 결정적인 위기를 벗어나게 해주는 구원이 된다는 것은 어쩌면 어렸을 때 먹은 어머니의 젖이 그 사람의 인생이 다할 때까지 생명을 이끌어주는 견인력이 된다는 것과 같은지도 모른다. 그러나 이미 우리 인간은 모유를 먹는 지극히 생리적인 관습에서마저 이탈되어 가는 환경 속에 있다.

이 환경을 어쩌자는 것은 아니지만 적어도 어머니는 아이의 평생을 지켜줄 아름다운 추억을 만들어주는 일을 포기해서는 안 될 것이다. 이런 이야기를 하는 데에는 나대로 나의 어린 시절, 어머니와 더불어 만든 아름다운 추억이 있고, 그 추억이 내가 칠순을 향해가는 나이가 되도록 나와 함께 살뿐 아니라 갈수록 나의 마음을 포근하게 감싸주는 실제 체험이 되었기 때문이다.

그 추억은 반세기도 이전인 이북 고향 땅의 그 긴 밤들이 쌓은 것이라 할 수 있다. 나의 어머니는 평소 고담 책 읽기를 무척 좋아하셨다. 지금은 우리 주변에서 사라진 고담 책들인 〈장화홍련전〉〈심청전〉〈유충열전〉 등등. 그 원색 표지를 넘기면 처음부터 끝까지 띄어쓰기 없이 깨알처럼 박힌 '언문' 의 고담 책들을 어머니는 그 긴 밤들에 소리 내어 읽으시는 것이었다.

지금 생각해 보면 그 낭독은 단순히 고담 책의 이야기를 읽는 다기보다 그때그때 어머니의 심정에 따라 고저와 장단이 각각 다르고 강약

이 다른 어조로 읽으셨던 것 같다. 결국 어머니는 해학과 풍자가 섞인 고담의 세계에 몰입하고 계신 것이 분명하였다.

요즘은 시대가 바뀌어 그런 고담 책과는 비교할 수도 없을 만큼 좋은 책들이 우리 어린이 주변에 많이 있다. 그러나 그것이 어머니의 젖가슴에서 뿜어 나오는 모유와 같은 역할을 해내려면 무엇보다 어머니 자신이 아이와 함께 읽으면서 동화나 이야기에 몰입하고자 하는 자세가 필요하다. 몰입까지는 가지 않더라도 적어도 '읽어준다'는 봉사 행위가 아니라 '함께 읽어간다'는 적극적인 태도가 필요할 것으로 생각한다.

이러한 적극성, 진지한 태도, 몰입의 순수한 감정, 이런 생각 속에 빠져들다 보면 어머니가 그때 나에게 심어주신 것은 문학이 지닌 아름다움이었다는 사실을 이제 와서 새삼스럽게 심감하지 않을 수 없다. 결국 어머니의 고담 책 읽기는 독문학과 살아온 내 인생 전체에 연결될 뿐 아니라 순수한 것의 아름다움, 진지한 것의 아름다움을 나에게 가르쳐 주신 인생의 크나큰 선물이었음을 깨달으며 어머니의 적극적이고 훌륭하신 가르침에 거듭 감사드릴 따름이다.

1988. 6. 게재지 미상

| 학창시절의 곽복록 교수 |

在京城津留學生親睦會
第三十回送別1937.2.21

1941. 11. 2. PM.3 於上智大.

# 대학생

　필자가 처음으로 독일에 도착했었던 1955년의 독일 대학생들은 전쟁이 끝난 지 이미 10년이 지났음에도 불구하고 전쟁이 안겨주고 간 폐허와 참상의 잔재로 인해 활기를 갖지 못하고 어딘지 위축되고 자신이 없는 것 같이 보였었다. 뿐만 아니라 그들은 말할 수 없을 정도로 검소해서 남학생들은 'Seplehose'라는 아주 실용적인 짧은 가죽바지를 착용했고, 여학생들도 'Dirndel'이라 일컫는 간소한 복장을 하고 다녔으며, 기숙사들의 건물은 복도로 걸을 때도 2분후면 자동적으로 소등이 되는 전기시설을 갖추어 놓기도 했다.

　자기의 양친들이 겪은, 또 자기들 스스로가 겪은 고생에 지쳐버린 그들이 원하는 것은 가능한 빨리 학업을 끝마치고 사회에 나가 활동함으로써 보다 안정되고 안락한 생활을 영위하려는 것이었다. 그러나 눈

부신 경제적 부흥과 아울러 침체된 상태에서 점차적으로 활기를 띠게 된 대학생활은 60년대에 들어서면서 학생들의 외적인 모습에서 뿐만이 아니라 학문적으로도 대단히 활발해지게 된 것 같다. 필자가 65년에 다시 한 번 독일로 갔을 땐 학생들은 젊은이들이 지니는 발랄한 생기를 되찾고 있었고 대학도 전통적인 독일대학다운 모습을 회복하고 있었다.

학생들은 스스로가 주동이 되어 자치단체를 통해서 학생의 권리를 내세우게 되었고 각 주(州)의 문교당국을 대표하는 사람들과 교수, 학자들이 주동이 되어 'Honef' 모델이라는 장학단체를 조직해 가지고 학생들의 학문연구를 장려해 주게 되었다. 이러한 결과 나치를 피해 미국으로 망명해서 독일대학의 이념을 신대륙에 이식시켜 자연과학부문은 물론 인문과학에 있어서까지 유럽의 르네상스를 부활시켰던 독일민족의 정신적 영도권을 되찾기 위한 시도가 엿보이게 되었다. 그리고 독일 대학의 오랜 전통을 이어서 학생들은 다시 자기가 원하는 3~4개의 대학을 거쳐 가며 공부할 수 있게 되었다. 독일 어느 곳에 가든지 이제는 대학생들을 위한 'Studentendorf 학생기숙사촌'이 마련되어 많은 학생들을 수용하기에 이르렀고 전반적인 주택난도 해소되었기 때문에 학생들은 서적을 통해서 접하고 알고 있었던 여러 저명한 교수들이나 또는 자기들이 원하는 대학을 찾아 옮겨 다니면서 공부를 하게 되었다. 따라서 자기들이 공부하고 있는 지방의 특색이라든가, 그 지방의 주민들을 익힐 수 있는 혜택까지도 함께 받을 수 있게 된 셈이나.

또 그들이 대학생으로서 누구보다도 복 받았다고 말할 수 있는 사실은 대개가 학생에 대한 '할인혜택' 을 받기 때문에 아주 싼값으로 충분한 식사도 할 수 있고 극장이나 영화관에도 출입할 수 있다는 것이다.

그리하여 학생들은 검은 예복에 흰 넥타이를 매고 극장에 가서 영리의 목적이 없는 참된 연극 예술을 볼 수도 있고, 교양을 위해서 세계 각국의 저명인사를 초빙하여 강연을 듣고 심포지엄에 참석하기도 한다. 즉 대학은 그 나라의 정신세계에 있어서 문화의 전당이 되어야 한다는 원칙이 가장 뚜렷이 실현되고 있으며 가장 활발하게 대화의 광장이 마련되고 있는 곳이 독일의 대학인 것이다.

또 어떻게 보면 앙가주망의 최첨단을 걷고 있는 곳이기도 하다. 독일 민족이 히틀러가 남긴 더러운 역사를 극복하려던, 그리고 역사상 실국이라는 오명을 벗으려면 부끄럽지만 그들 스스로가 히틀러의 죄를 파헤쳐야만 하기 때문이다.

그래서 이러한 과거를 극복하고 나아가서는 현실참여의 문학 활동을 이끌어 가고 있는 '그룹 47'의 업적을 찬양하고 있는 것이다. 그리고 서베를린을 중심으로 한 이들의 문학 활동을 통해서 통일을 향한 의지와 열의를 보이며 한때 끊겼던, 베를린이 가졌던 문화의 탯줄을 이으려 적극적 노력을 하고 있다.

이제 독일의 대학생활은 '세계 속의 독일'이라는 거시적인 관점에 입각하여, 독일민족이 지닌 철학적 기질 및 학문, 정신세계를 파고들려는 끈질긴 경향을 뚜렷하게 나타내면서 세계 각국을 모두 이해하려는 시도를 보이고 있다. 그러므로 그들은 여행을 통해 견문을 넓힐 뿐만이 아니라 세계의 여러 학생들에게 장학금을 지불하면서 서로의 교류를 위한 힘찬 발걸음을 내 딛고 있는 것이다.

〈주간조선〉 1969. 3. 16

# 바이마르 기행

　지나고 보면 덧없기만 한 것은 개인의 일만은 아니 것 같다. 그 장벽, 그 철조망 그리고 지키는 병사들의 무서운 총구에 호위되어 영원한 장벽으로만 보이던 베를린 장벽이 모래성처럼 허물어지는 것을 텔레비전에서 지켜보면서 나는 나대로 남다른 감회에 젖을 수밖에 없었다.

　그 장벽이 그렇게 허무하게 무너지리라고는 생각도 하지 못했던 작년 5월 17일 아침, 나는 서독 프랑크푸르트에서 동독으로 드나드는 기차에 몸을 싣고 있었다. 세계적인 문학가 괴테의 터전이던 바이마르가 동독에 속해 있었고, 그 곳에서 열리는 괴테 학술대회에 한국의 독일문학도로는 처음으로 초청을 받았기 때문에 나의 그때의 여행이 이루어진 것이었다. 미국과 소련은 무력으로는 독일을 동서로 분단시킬 수가 있었지만 독일의 위대한 영혼 괴테가 이룩한 정신의 영토는 가를 수가 없었다. 그렇기 때문에 자유진영 가운데서 또 하나의 분단민족 한국인이 학술대회에 참가하기 위해서 무력으로 갈라놓은 경계선 저편으로 갈 수 있었던 것이 아니겠는가.

객차 안에는 서독 친지를 방문하고 자기 집으로 돌아가는 동독 거주민들이 자리를 메우고 있었다. 그들은 모두 정년 되직한 노년층이었고 동독 안에서 충분히 신분이 보장된 사람들일 것이다. 그들과 함께 탄 나는 한국인으로서 외톨이었지만 난생 처음으로 공산권으로 들어가는 처지였기에 긴장감으로 마음이 굳을 수밖에 없었다, 그러나 그 긴장은 이내 사라졌다. 내 귀에 들려오는 그들의 대화가 나의 긴장과는 너무나 동떨어진 내용이었기 때문이었다.

"그 집에서 마신 그 커피는 정말 훌륭했어. 난 몇 십 년 쌓인 체증이 한꺼번에 내려간 것 같아."

"선물로 이 커피를 받았는데 이걸 가지고 가서 끓이면 사람들이 줄을 지어 우리 집에 찾아올 거야."

그들의 대화는 거의 음식 이야기였고, 그 음식 이야기 가운데도 가장 열띤 화제는 커피와 그 맛에 관한 것이었다.

이런 대화들을 싣고 달리는 기차의 차창 밖 풍경이 차츰 선명히 눈에 들어오기 시작했다. 그 풍경들은 5년 동안(1956-1960)의 나의 독일 유학시절에 눈에 익은 서독의 시골 풍경과 다름이 없었다. 숲의 나라로 알려져 있는 독일의 아름다운 숲의 행렬이 이어지는 그 풍경에서 색다른 것을 찾을 수는 없었다. 그 숲들은 독일인에게는 땔감이나 건축 자재를 공급하는 일만 하는 것이 아니다. 잘 알려진 독일 가곡 '보리수'처럼 숲의 나무 하나하나에서 마음의 안식을 얻은 사람들이 있었고 지금도 있고 앞으로도 있을 것이다. 그런 숲이 정치적이거나 인위적인 힘으로 갈라놓은 독일과는 상관없이 이어지고 있는 것을 보면서 사람의 생, 그 바탕에는 정치 이전에, 또는 문학이나 예술 이전에 삶을 의지하는 자연환경이나 생리적인 환경이 있다는 것을 깨달았다.

오스트리아 작가 슈티프터의 작품에 〈성야(聖夜)〉가 있다. 작품의 무대는 오스트리아의 높은 산맥의 계곡으로 산중 벽촌 마을에 사는 솜씨 좋은 구두 가게 주인이 산기슭 이웃 마을 부잣집 아름다운 딸을 아내로 맞아 두 오누이를 낳게 된다. 구두 가게 젊은 장인 비치의 아내가 된 그 집 딸은 두 아이의 어머니가 되었는데도 이 마을 사람들로부터는 이방인의 대접을 받고 있었다.

그러던 어느 크리스마스이브에 그들은 오누이만을 외갓집 나들이에 보내게 된다. 산 속에서 자란 아이들이었고 외갓집으로 가는 길에 익숙했으며 마침 날씨도 쾌청했기 때문이다. 오누이는 외가에서 융숭한 대접을 받고 크리스마스 선물을 넣은 가방을 메고 집으로 돌아온다. 조난자의 위령 표지판이 세워진 고갯마루 가까이에 왔을 때 급변하는 겨울 날씨 탓으로 폭설을 맞게 되고 그 표지판을 찾지 못한 오누이는 앞이 안 보이는 눈보라 속을 헤매게 된다. 마침 작은 어름 동굴을 만나 그 속에 피신한 오누이는 추위 속에서 크리스마스이브를 만나게 되고 폭설만 퍼붓는 날씨에 놀란 젊은 부모는 아이들이 돌아오지 않자 마을 사람들에게 구조수색을 의뢰한다. 마을에서는 경종이 울리고 이 경종은 외갓집이 있는 산기슭 이웃 마을에 까지 전달되어 그곳에서도 횃불을 든 수색대가 오누이가 올라갔을 산길을 따라 오르게 된다.

추위 속에서 덮치는 졸음과 싸우는 오누이는 오빠의 가방 속에 넣은 외할머니의 선물에 생각이 미친다. 그것은 커피였다. 외할머니가 최상의 재료와 솜씨로 끓인 커피가 보온병에 가득했고 오누이는 그 커피를 조금씩 마시면서 추위와 조름을 건디며 목숨을 지켜낸다. 결국 두 마을의 구조대가 무사한 오누이를 발견하는 데서 작품의 이야기는 끝난다.

이렇게 슈티프터의 〈성야〉의 줄거리를 얘기하게 된 것은 1세기 반 전에 발표된 이 작품에서 나는 오늘 동서독일의 화해를 암시받는 듯한 생각이 들기 때문이다. 무엇보다도 크리스마스 선물로 산중에 사는 딸네 집에 진한 커피를 끓여서 보내는 일은 아마 독일 사람들이 아니고는 있을 수 없을 것이다.

나의 유학시절의 독일은 패전과 전쟁을 일으킨 것에 대한 죄책의 고통을 받고 있었기 때문에 오늘의 서독과는 달랐다. 그리고 유학조건도 지금과는 달랐다. 그러나 그런 가운데서도 몇 차례 나는 독일 가정의 '커피 타임 Kaffee Stunde'에 초청을 받은 추억을 가지고 있다.

그 어려운 가운데서 쉴 새 없이 일하는 독일 가정의 주부들도 오후 2시에서 3시 경에는 일단 일손을 멈추고 가까운 숲으로 가족을 데리고 산책을 한다. 그리고 돌아와서 주부들의 솜씨로 맛있는 커피를 끓여 케이크와 함께 먹는다. 이때 이웃을 초대하기도 하는 것이다.

물자가 부족한 시대였지만 기호에 맞는 커피 원두를 구입해 손수 갈아 끓이기 때문에 커피의 맛은 집집마다 다를 수밖에 없다. 말하자면 우리 한국 가정의 김치나 깍두기 맛이 각각이듯 독일의 가정에서 끓이는 커피 맛은 집집마다 다르다.

독일 주부가 커피 끓이기에 얼마나 정성을 들이는가를 나는 지켜본 적은 없었다. 그러나 그것을 단적으로 나타내는 증거는 오늘날 독일의 슈퍼마켓이나 백화점에서도 볼 수가 있다. '멜리타 Melitta'라는 상표가 붙은 커피를 위해 쓰는 필터 종이는 이름 없는 독일의 한 가정 주부가 고안해낸 것이고 '멜리타' 상표의 끓이기 기구는 오늘 날 전 세계가 쓰는 기구가 되었다.

커피에 관해선 내가 남에게 얘기할 정도로 많이 알고 있지는 않다. 또 커피를 즐겨 마시기는 하지만 아직은 깍두기 맛을 식별하는 정도로 커피의 향과 맛을 잘 구별하진 못한다. 그러나 독일인과 커피의 관계를 짐작하게 하는 이야기가 있다. 즉 베토벤이 갈아 마시던 커피 원두의 종류가 38개였다. 아니 그보다 더 많았다. 이것이 음악사 연구가들 가운데서 논의 된 적이 있었다고 한다.

이 얘기에서도 우리는 커피가 독일인에게 있어서 단순한 식품이 이상의 것이며 우리네의 김치 깍두기 맛만큼이나 오랜 역사를 갖고 있다는 것을 알 수 있다. 그것은 마치 독일 전 국토에 걸쳐 있는 아름다운 숲과 같은 것으로 생각할 수 있다. 그 숲의 나무들이 실용적인 목적보다는 정신적인 안식과 육체의 건강에 공헌하듯이 독일인의 생활과 커피의 관계도 목을 축이는 음료 식품이라기보다는 정신적인 생활에 크게 기여하고 있다는 것을 짐작할 수가 있다.

커피 얘기는 이쯤해서 접어두고 슈티프터의 〈성야〉에서 오늘의 동서 양 독일의 화해 무드를 암시받았음을 말하고 싶다.

이 작품은 두 마을 수색대가 기적적으로 생존한 오누이를 찾은 일을 계기로 두 마을이 화해하고 오누이의 어머니도 더 이상 이방인 취급을 받지 않게 됐다는 것을 알리고 있다. 그렇다고 내가 동독으로 가는 기차 안에서 인상 깊게 들은 커피에 관한 동독인들의 얘기와 오늘의 양 독일의 화해 무드를 커피에 결부하려는 것은 아니다. 그러나 오늘 그들의 화해는 신문이나 TV가 보도하는 것처럼 단지 정치 체제에 따른 혁명이거나 개혁에서 비롯된 게 아닌 성싶다. 동서독의 통일에는 오랜 전통적 생활 습성이 큰 작용을 하지 않았나 생각된다.

동독 바이마르에 내가 머문 기간은 4박5일에 지나지 않았다. 그리고 그곳에서 내가 접한 독일인도 극히 제한된 사람들이었다. 그러나 그 제한된 시간 동안에 제한된 사람들과 접촉했던 나는 그들이 당시의 체제에서는 더 이상 지탱할 수 없는 상황에 이르렀다는 것을 느낄 수 있었다. 이를테면 내가 묵은 국제 호텔의 중년의 객실 담당 직원은 나에게 거침없이 서독에서 살고 싶다는 말을 했다. 그리고 그 이유는 무엇보다 그곳 동독에서는 먹고 싶은 것을 제대로 먹을 수가 없다고 했다. 서독에 가면 그렇게 할 수 있다고 생각하느냐는 나의 물음에 그는 '우리는 다행히 서독 텔레비전을 볼 수 있고, 그걸 보면 알 수 있다' 고 말하는 것이었다.

얼핏 본 동독인의 생활은 굶주리거나 헐벗은 상태는 아니었다. 그들의 독일인다운 착실함과 근면은 어디를 가나 똑같았지만 모든 것이 전체적으로 계획되고 통제돼 있다는 것을 짐작할 수 있었다. 몇 차례 나는 지정된 식당 식사를 그만두고 그 고장에서 제일 큰 기차역 구내 레스토랑에서 식사를 해보았다. 그러나 그곳 메뉴도 거의 획일적이며 단순히 그들이 정한 칼로리만을 따져서 조리된 음식이지 맛을 즐기기 위한 것은 아니었다.

초대 받지는 못해서 단언하기는 어렵지만 만약 지금도 동독 가정에서 주부가 커피를 끓여서 가족끼리 마신다 해도 그 원두는 획일적인 것일 수밖에는 없을 것이다. 커피를 즐긴다는 것은 커피에 함유된 카페인을 섭취한다는 것이 될 순 없다. 내게 맞는 향, 내게 맞는 빛깔, 내게 맞는 커피 세트, 이런 내게 맞는 것들을 이웃과 나누는 여유를 포함하는 것이다. 카페인 위에 무한히 플러스해 갈 인생의 맛과 멋을 버릴 수 없게 된 동독인들이 서독으로 빠져나오고 또 동독을 바꾸려고 애쓰고 있는 것은 당연하지 않겠는가. 또 욕구의 응어리가 터진 것이 현실적으로 동서 베를린의 장벽을 허무는 계기가 되고 독일 통일을 위한 그들의 정치적 모색으로 나타난 것이 아니겠는가.

지난 해 5월, 동독으로 가던 기차 안에서 들은 동독인들의 커피 애

기와 그 후 6개월 만에 TV화면에서 보게 된 베를린 장벽의 철거 장면
이 나의 머리에서 겹쳐진 이유는 이와 같은 생각 때문이었다.

<행복이 가득한 집> 1990년 3월, 209면

독일과 한국 사이 | 체험과 증언

# 통일의 날에

오늘 6월 17일은 독일 통일의 날이다. 1953년 동독전역에 걸쳐 자연발생적으로 일어났던 동독인들의 자유화를 위한 봉기의 날을 기념하는 날인 것이다. 그날의 자유에의 의지는 소련군의 전차 '캐터필러'가 짓밟아버렸지만, 철통같았던 유럽의 공산진영은 최초의 반격을 스스로의 내부로부터 받았다는 역사까지 문질러 버릴 수는 없었던 것이다. 그리고 저 유혈의 부다페스트로부터 오늘 우리의 관심을 집중시키는 동구 위성국의 자유화의 움직임, 그런대로 그 철의 아성도 눈 녹을 징조가 뚜렷하거니라 했더니, 이번에는 난데없이 동독이 차단한 서베를린의 통행문제가 뛰어들었다.

장사진을 이루어 멈춘 차들의 행렬을 찍은 외신의 영상사진을 본 순간 직감적으로 오는 것이 있다. 무엇인가 울브리히트는 당황하고 있는 것이다. 이대로 가만히 앉아 있을 수 없다. 이런 그의 심산을 느끼는 것 같았다. 바싹 조아 붙이기 위해서 조성한 긴장상태가 아닌가? 내 나름대로 이런 생각을 해본다. 그것은 누가 가동하지 않아도 팽배하게 넘쳐나는 봄기운과 같은 것이어서 자유를 갈구하는 인간의 욕구는 조작한 진압으로 막을 길은 없는 것이다.

어쨌든 오늘은 독일 통일의 날이다. 이날에 분단의 이미지를 강조하는 사건을 일언한다는 것은 같은 처지에 있는 한국 국민의 한사람으로서 또 나와는 개인적으로도 적지 않은 연관이 있는 독일을 위해서 불행한 일이다.

〈중앙일보〉 내일에 산다 / 1968. 6. 17

독일과 한국 사이 | 체험과 증언

# 어머님 전 상서

　어머님, 포근한 땅의 훈기 같으신 어머님이시기에 홀로 우리 고향 땅에 남아, 고향 땅을 지키시고 계시는 어머님께, 어느덧 육순을 넘긴 불효자가 글월을 올립니다.

　어머님, 봄이 늦은 우리 고향 땅에도 이제쯤은 초록이 무성하겠지요? 깊이깊이 잠드신 어머님의 잠자리에도 고운 나비가 날아들겠지요. 어처구니없게도 그 나비만도 못한 아들입니다, 인생입니다. 하지만 저는 어머니 옆에 가지 못하지만 어머님께서는 제 곁을 떠나신 적이 없었습니다.

제가 어머님 슬하에서 보통학교를 다니던 그 시절, 그 긴 겨울밤에 어머님께서 소리 내어 읽으시던 그 고담 책을 저승에서도 읽고 계시겠지요. 고담 책 가운데서도 어머님께서는 '심청전'을 제일 좋아 하셨습니다. 심청이가 공양미 삼 백석을 마련하려고 인당수에 몸을 던지는 대목을 읽으실 때의 어머님의 목소리는 반세기를 지난 지금도 제 귀에 생생하게 들립니다. 반세기가 아니라 반 오백년의 세월이 지난다 해도 늙지도 않고 사라지지 않는 어머님의 목소리를 제 귀에 담고 있다는 것은 얼마나 다행한 일입니까? 얼마나 값진 유산입니까?

제가 십여 년을 외국 땅을 다니면서 문학을 공부한 것도 어쩌면 그때에 저에게만 상속시켜 주신 어머님의 그 귀한 유산 덕분인지 모를 일입니다. 아니, 어머님의 은덕이심이 분명합니다.

대학에 다니던 제가 일본 군국주의자들의 최후 발악으로 소위 학도병으로 끌려간 다음에 어머님께 끼친 심려는 비록 제 죄가 아니었다 하더라도 지금도 생각하면 몸이 저리게 송구스러울 뿐입니다.

마침내 몸져누우신 어머님께서는 형의 영양주사로 연명하시면서 제가 돌아올 때까지 기다려 주셨습니다. 지금 생각하면 대만까지 끌려가

독일과 한국 사이 | 체험과 증언

일본국이 항복으로 풀려난 저를 무사히 고향 땅까지 돌아오도록 인도하시기 위해서 어머님께서는 돌아가실 수가 없었던 것이 분명합니다.

그러셨기에 해방 이듬해 1월에 38선을 넘어 그야말로 아닌 밤중에 대문에 들어서서 어머님의 병상으로 달려든 저를 반기시면서 "죽은 심청이가 살아난 것처럼 네가 돌아왔구나, 어디 보자." 이렇게 어머님께서는 가쁜 숨을 모으시면서 그때 제에게 말씀해 주신 것입니다.

그러셨기에 바로 그 다음 날 어머님께서는 영원히 그리고 편안히 이승을 마치신 것입니다.

어머님, 이제 휴전선도 싸움도 없는 저승이기에 비록 고향 선산이 아닌 서울에 묻히셨지만 아버님이랑 형님 그리고 누님과 함께 지내실 어머님, 불효자는 그 어머님의 유산을 상속받은 사람답게 주어진 삶을 정성스럽게 살다가 언젠가는 어머님 곁에서 제가 다 기억 못하고 있는 '심청전'의 나머지를 들을 날이 올 터이지요.

양지 바른 어머님 산소에 나비가 날아들거든 육신을 가지고는 어머님께 문안을 못 드리는 불효자의 마음이 날개 질 하는 것이라 받아주시고 한결같이 거룩하시고 편안하신 가운데서 고향 땅을 포근히 지켜주십시오.

불효자 드림

성진 시민 회보 〈성진〉 창간호. 1978. 7. 30

# 장화홍련전

지금도 어렸을 적에 되돌아간다면 밤이 그렇게 답답하고 길게 느껴질까? 아니면 나의 긴긴 겨울밤들은 회상 속의 것이어서 더 길게만 느껴지는 것일까?

아무튼 내가 겪은 이북 고향 땅의 겨울밤은 1년의 절반 정도를 차지한 것만 같고, 왜 그렇게도 추웠는지? 그런 나의 어렸을 적 밤에 따스하고 정겨운 추억을 깊이 새길 수 있는 것은 두고두고 다행으로 생각한다. 그 추억은 한 권의 책(사실은 일일이 이름을 기억할 수 없이 많은 책이었을 테지만)으로 나타난다.

요즘도 시골 장날 장터에서 구경할 수 있다는 말은 들었지만, 그 실물에 접한 일이 없는 이른바 '고담 책'이 그 책이고, 〈심청전〉을 비롯해서 〈유충열전〉에 이르기까지 나는 많은 고담 책과 인연해서 소년 시절을 보낸 것 같은데 나의 추억 속의 고담 책 중의 명작은 〈장화홍련전〉이다.

그것은 고담 책을 무엇보다도 즐기시던 어머님이 가장 즐겨 손에 들고 읽으시던 책이 〈장화홍련전〉이었다는 데 기인한다. 어머님께서는 똑같은 〈장화홍련전〉을 수없이 읽으신 것 같은데 읽으실 적마다 어머님의 목소리는 달랐다고 기억되니 문학을 전공하게 된 지금의 내가 보아도 〈장화홍련전〉은 명작이라 할 수밖에 없다. 읽을 적마다 새로운 감동과 감명을 주는 작품, - 그것이 곧 문학의 명작이기 때문이다.

어이없게도 어느덧 60년 전의 일의 회상이 되어버린 〈장화홍련전〉의 감명이다. 지금 내가 그 책을 손에 든다 하더라도 그때와 마찬가지로 몇 자를 읽어 내려가지 못할 것이다.  옛 철자법에 그것도 띄어쓰기는커녕 마침표조차 없이 꽉 메운 그 고통스런 활자들의 나열이 일단 어머님의 입으로 나올 때는 구성진 대목은 구성진 대로, 목이 메는 구절은 목이 멘 채로, 그리고 안도의 숨을 돌릴 때는 그 숨소리대로 줄줄이 이어지는 스토리가 되던 요술 - 아무리 생각해도 그것은 요술이다.

그래서 새삼스럽게 요즘 한 권의 책이 부릴 수 있는 요술에 대해서 생각해 볼 때가 있다. 요술이란 요술부리는 자와 관람자 사이에 물샐 틈 없는 긴박감이 어울려서 이뤄내는 환각이 아닌가? 그렇다면 어머님께서 내 추억 속에 남겨 주신 그 요술도 간단히 이해될 수 있을 것이다.

분명히 그 당시 어머님께서는 〈장화홍련전〉을 읽으신 것이 아니라 밤마다 지어내신 것이다. 어머님이 손에 든 고담 책은 말하자면 요술을 부리는 소도구에 지나지 않았던 것이다. 그 소도구로 어머님은 밤마다 다른 감정을 담아, 누구에게도 하소연할 수 없는 어머님의 바람, 어머님의 기구(祈求), 어머님의 기다림을 풀어간 것이리라.

책을 많이 읽으라고 남들에게 권해 왔고 나 자신도 읽은 권수로 따지면 많은 독서를 한 셈일 것이다. 그런 내가 문득 아차 하고 깨달은 것은 어머님과 그 〈장화홍련전〉과의 관계이다. 시심풀이로, 호기심의 충족으로 어머님께서 〈장화홍련전〉을 읽으신 것이 아니라는 깨달음이다.

그런데도 60년 전 그 모습이, 그 음성이 그토록 내 뇌리에 생생한 것은 인간과 책의 관계의 본질적인 혹은 근원적인 관계를 어머님께서도 맺고 계신 것이 아니었을까? 60년 전 그 겨울밤도 〈장화홍련전〉도 이미 내가 잃어버린 과거의 시간이다. 그러나 잃어버리기 마련인 시간의 흐름 속에서도 강하게 나에게 밀착하는 어머님의 모습을 부각하는 데 〈장화홍련전〉이란 고담 책이 작용하고 있음을 부인할 수 없다.

늘어나기만 하는 책의 홍수 속에서, 정보매체 속에서 우리가 잃어가고 있는 것이 있다. 적어도 그 당시 어머님과 〈장화홍련전〉과의 소박하고 본질적인 감동을 잃어가고 있다는 것은 나 자신의 오늘을 돌이켜보고 확인할 수 있다.

〈가정 조선〉 1987년 12월호 299면

# 바흐의 음악

나를 아는 사람들 사이에서 나는 '취미가 없는 사람'으로 통하고 있다. 그러한 내가 감히 취미를 내세우는 것은 다소 우스운 일이다. 요즘처럼 소리가 흔해서야 음악 감상을 취미라 내세우기가 거북하지만, 그래도 음악 감상이 취미라고 말하지 않을 수 없다. 나는 음악 중에서도 바로크 음악을 좋아한다.

그리고 바로크 음악 가운데서도 바흐의 음악을 좋아한다. 결국 나의 취미는 바흐의 음악 감상이라고 해도 잘못은 아닐 것 같다. 한 때 음반 수집광이었던 형님의 음악 애호 덕택에 나는 일찍부터 음악 감상을 좋아하게 됐다.

미국 시카고에서 유학할 때는 FM 방송의 음악이 고독하고 불안한 나에게 가장 큰 위안되고 안식을 주었다. 그러나 정작 바흐의 음악을 나의 취미라고 내세울 만큼 그의 음악을 나의 몸에 담을 수 있었던 것은 독일에서였다.

바흐는 분명히 '음악으로 표현한 산상의 수훈' 이고 보면 그의 국적을 굳이 따질 필요가 없다. 그러나 그를 낳은 곳이 독일이었듯이 독일은 지금도 그의 음악을 생활화 하고 있다. 나는 독일에서 바흐의 음악을 거의 계절마다 들을 수 있었다. 그의 음악을 독일에서 가장 많이 들을 수 있는 장소는 교회다. 지금도 귀를 기울이면 그 은은한 오르간의 선율이 혹은 관현악단의 연주로 교회 속을 장막처럼 감싸 버리는 선율이 들리는 것 같다. 그럼에도 차분히 자리 잡고 앉아 음악 감상을 할 기회는 그리 많지 않다. 어지간히 바쁘다. 나의 일과에서 문득 무릎 꿇고 싶은 순간이 있다. 그때 나는 그의 '마태수난곡'을 먼 허공에서 듣게 된다. 이렇듯 취미는 나를 파고들어 나의 생활에 많은 영향을 끼친다.

소년 / 1986년 9월호. 어린이들에게 주는 글

# Fairy Tale 'Friends'

Better World Promoted

By UNICEF Fairy Tales

The following article was contributed to the Korea Herald by Pok-nok Kwak, professor of Sogang Jesuit College and secretary general of the Korean Chapter of International PEN Club. - Ed.

By POK-NOK KWAK

It has been ten months past since a fairy-tale publishing company in the Federal Republic of Germany published a book entitled "Friends" which was compiled with nursery tales written by 55 authors of 25 countries.

"Friends" was published and translated in English, German, Spanish, French, Dutch and Portuguese.

The publishing of the book was to cooperate with the works of the United Nations International Children Emergency Fund (UNICEF) which received the Novel Peace Prize in 1965 for its contribution to the welfare of the children all over the world.

In view of this, it is strange that the book has highly applauded by th children of the world and praised in th commentaries and articles of newspapers of the world on over a thousand occasions.

At the same time, it is more surprising to know that authors who contributed their stories in the book are all well-noted persons of the world representing various circles - poets, novelists, drama writers, actors and songstresses, actors and actress, doctors and professors.

More important  is the fact that the authors in the book are the persons who have enjoyed juvenile songs, poets and stories even when they became adults.

We cannot deny the fact that fairy-tales have purified the hearts of all the people regardless of their ages and contributed to the constructing of a more peaceful future.

The world has now about 750 million children who are mostly suffering from poverty and uneasiness.

Even though human beings in modern society are making efforts for the development civilization, human beings also have incessantly faced the threat of the development of a material civilization and thus experienced loneliness.

Under these circumstances, human beings badly need heroes to admire, promote understanding, heartiness, love and friendship.

Accordingly, it ist duty of adults to provide children with a valuable present which will give comfort and a place for peaceful living and a better future to the children.

In view of this, it is my firm confidence that the newly published "Friends" will be such a valuable present for the children by promoting mutual understanding among children and providing ways to better the future of all children.

Even more interesting is the fact that a Korean author's fairy-tale was also included in the work - "Child and Wind" written by Sok-choon Yun who has devoted himself to purifying children's emotions and planting the Korean spirit in the hearts of children.

It is not only the personal pride of Sok-choon Yun, but also that of all the people especially all the children.

According to a recent report form the United States, the Miller International Publishing Co. in the United States has asked help from fairy-tale publishing company in the Federal Republic of Germany for the purpose of manufacturing records of the stories in the book.

It is also gratyfying to hear the news that about 70 stories written by Sok-choon Yun are to be published in a book to be written in English and German translated by Prof. Sang-yop Pak of Weslegan University, Ohio, and with illustrations by Sun-man Yi, expert painter of Korean manners and customs.

<The Korea Herald> June 26, 1969

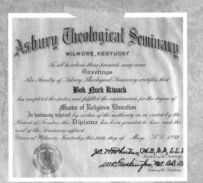

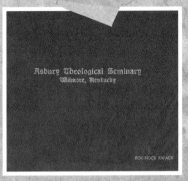

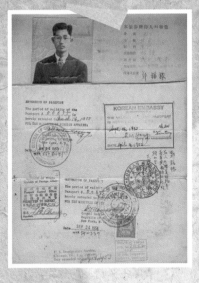

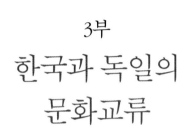

3부

# 한국과 독일의
# 문화교류

# 대학과 학문

돌이켜 생각해 보면 내게 있어서는 학문이 곧 인생이었으며, 학문을 제외한 보편적 의미에서의 인생이란 거의 영점이 아니었나 싶다. 요즘의 새로운 세대의 학자나 교수들은 학문을 마음껏 펴나가면서 동시에 인생도 한껏 누려가는 듯한 느낌을 줄 때도 있지만 어려운 역사적 현실 속을 살아온 우리 세대에 있어서 학문의 길은 아름다운 인생의 길과는 전혀 정답게 손을 잡을 수 없는 것이었다. 그러나 한편 다시 곰곰이 생각해 보면 요즘의 젊은 학자들에게도 학문과 인생은 서로 대립되고 있는 경우가 많지 않을까. 학문 속에 몸담고 있는 한엔 인생이란 남들만큼 중요한 것으로 보이지 않는 것이 아닐까. 역시 학문의 자세에는 인생보다는 학문이라는 좀 다른 비장감 같은 것을 갖고 출발해야 하는 게 아닐까 하는 생각을 하게 된다. 왜냐하면 학문이란 인식하고 비판하고 종합하는 일이며 이런 일을 하는 사람이란 대개의 경우 현실 속에 뛰어 들어 백 퍼센트 인생을 살 수 없는 경우가 많은 까닭이다. 자연과학에 대해서는 잘 알 수 없지만 인문과학을 하는 학자에게 있어서는 이런 결과가 일어나는 수가 많다. 인식하고 비판하는 자는 사고하는 자이며 그런 사람은 인생의 희로애락에서 유리되는 수가 많은 까닭이다.

그렇다고 학문하는 사람에게 아무 즐거움도 없을까? 만약에 아무 즐거움도 없다면 하품하는 학생들을 전혀 안중에도 없이 괴테를 강의하다가 혼자 기쁨에 겨워 회심의 미소를 짓는 교수가 있을 리 없다. 세상은 공평해서 땀 흘리며 밭 매는 농부에게는 저녁 산들바람이 남보다 더 감미롭고 한 잔 막걸리가 누구보다도 더 달듯이, 학문하는 사람 역시 남다른 즐거움이 있다. 글이 유난히도 마음에 들게 잘 써질 때, 멋진 번역이 되었을 때 남의 글이지만 거기서 묘한 사고의 유희를 함께 느낄 때, 어느 날 갑자기 번갯불처럼 좋은 생각이 멀리 속을 스칠 때, 그럴 때 느끼는 환희는 남들에게 설명하기 어렵다. 그저 기분이 좋아서 혼자 슬그머니 미소를 지을 뿐이다.

그렇다고 해서 손에 책을 들고 인생을 걷는 사람의 인생길에 이 행복의 여신이 그렇게 자주 나타나는 것은 절대로 아니다. 농부가 불볕

속의 노동이 힘들고 외로울수록 일손을 놓고 마시는 막걸리가 더욱 더 꿀맛 같고 겨드랑이를 스치는 산들바람이 더 상쾌하게 느껴지듯이 학문의 길에도 행복의 미소가 더욱 깊고 달콤한 것이 되기 위해서는 기나긴 절망과 고통을 겪어야 하기 마련이다.

예를 들면 학자나 교수는 남들이 창경원이다 바캉스다 할 적에도 선뜻 그 길에 나설 수가 없다. 꼭 무슨 시일이 다급한 일거리가 있는 것은 아니지만 항상 숙제가 밀린 학생처럼, 시험기간 중의 학생처럼 읽어야 하고 써야 할 것이 많이 쌓여 있는 까닭이다. 게다가 더 나쁜 것은 놀러가지 않고 하루 종일 책상 주위를 맴돌았는데도 커피만 여러 잔 마셔서 속만 쓰릴 뿐 주말여행 떠났던 사람들이 거무튀튀한 얼굴로 소란스레 돌아오는 사간인데도 이렇다 하게 읽은 것도 쓴 것도 없을 때 정말이지 가슴 답답한 일이 아닐 수 없다. 흔히 대학교수는 긴긴 방학이 있어서 좋겠다고 부러워 하지만 그 방학 역시 이런 식의 고통의 나날로 지나가기 십상이다.

1818년 베를린 대학에 철학 교수로 부임한 헤겔은 취임 강연을 이런 말로 끝맺었다.

인간 생활을 뒷받침하는 것, 가치 있는 것은 정신적인 성질의 것이다. 이 정신 왕국은 진리와 권리에 관한 의식을 통해 제반 이념의 이해를 통해서만 존재합니다. 내가 강의를 진행해 감에 따라 여러분도 차차 나를 신뢰하게 될 것입니다. 우선 내가 여러분에게 바라고 싶은 것은 학문에 대한 신뢰, 이념에의 신뢰, 자기 자신에 대한 신뢰와 신념을 가지고 내 강의에 임해 달라는 것입니다. 진리에의 용기와 정신력에의 신념은 철학을 배우는 제일의 조건입니다. 인간은 자기 자신을 최고의 자리에 있는 자와 맞먹는다고 생각해야 합니다. 정신의 위대함이나 위력을 얼마든지 크게 생각해도 괜찮습니다. 닫힌 우주의 본질은 우리의 인식의 용기에 맞서 저항할 충분한 힘을 갖고 있지 못합니다. 이 용기 앞에는 우주의 본질도 자신을 열어 그 풍요로움과 깊이를 드러내고 그것을 우리로 하여금 향유토록 해 줄 것입니다.

학문을 하면서 절망하고 고통스러워하는 경우는 사실 헤겔이 지적했듯이 이념이나 학문, 자신에 대한 신뢰를 잃었을 때이다. 이런 신뢰심은 특히 인문과학 분야에 있어서는 그 연구 과정이 콩을 심는 농부처럼 눈앞에 드러나지 않는 경우가 많기 때문에 더 심한 것 같다. 때때로 자신이 어디쯤에 서 있는 것인지, 이정표도 없는 광야에 홀로 선 듯한 외로움을 느낄 때가 많다. 그러기에 온갖 학문을 섭렵한 파우스트

조차도 심한 절망 속에 빠져 이렇게 말하지 않았던가.

아, 나는 이제까지 철학도 법학도 의학도 심지어는 신학까지도 열심히 노력하여 철저하게 공부했다. 그런데도 나는 이 모양 이 꼴로 예전과 다를 바 없이, 더 똑똑해진 것도 없다. 이름만 화려하게 석사, 게다가 박사님이랍시고 어느 새 10년이란 세월을 학생들의 코를 잡고 위로 아래로, 가로 세로 흔들어대고 있지만 사실 우리는 아는 것이 전혀 없음을 깨달았을 뿐이니 생각만 하여도 가슴이 타버릴 지경이다.

때때로 다가오는 이 절망감을 극복하기 위해서는 학문, 지식, 아니 진리에 대한 용기가 필요하다. 이 용기야말로 우리를 자극하는 활력소라고 할 수 있다. 나 자신이야 말로 세계 창조의 기본 요소라는 확신을 밑받침한 진리에 대한 용기, 굴할 줄 모르는 기백이야 말로, 특히 학문하는 젊은이들에겐 필수적인 것이다. 그리고 그 길을 자기의 길로 받아들이고 온갖 좌절 속에서도 인내하고 스스로 절제하려는 자세 역시 중요하다. 지식이란 인간의 것이며 사고한다는 사실이야말로 인간을 다른 생물과 구별케 하는 것이지만 지식 추구의 길은 우리의 부단한 노력을 필요로 함을 지적하지 않을 수 없다. 언제 가뭄이 올지, 언제 홍수가 날지 모르는 일이지만 그래도 씨를 뿌리고 그것을 가꾸는 농부는 자기가 적어도 남만 못하지 않는 농부라는 자신감, 자기 씨앗이나 밭에 대한 신뢰감이 없다면 그의 농사는 좋은 수확을 기대하기 힘들다. 헤겔의 말 중에서 제일 동감하게 되는 것은 자신에 대한 신뢰감인데 사실 내 자신이 존재하지 않는다면 타인도 사회도 존재하지 않는다고 말할 수 있다. 자기 자신을 아끼며 자기 능력을 아끼고 자기에 대한 신뢰감에 가득한 용기 있는 사람은 보기에도 아름답다.

예를 들면 경기장에 선 운동선수들을 볼 때 나는 종종 그런 아름다움을 본다. 사실 그들 역시 많은 좌절과 고통을 뒤로 한 사람들일 것이다. 그러나 골대 앞에 자신 만만하게 서 있는 골키퍼를 볼 때, 범처럼 날쌔게 움직이는 그들을 볼 때, 자기 신뢰에 찬 아름다움을 보는 기분이다. 골키퍼가 자기에 대한 신뢰감을 잃을 때엔 게임 전부가 엉망이 되고 말듯이 학문에 있어서도 자기에 대한 사랑이 없으면 그 길이 원만하고 아름답게 성장되어 나가지 못할 것이 분명하다.

그런데 내 인생은 학문의 길이자 동시에 문학의 길이었다고 말할 수 있다. 문학작품을 반려로 해서 나는 내 삶의 길을 걸어가고 있다. 문학에 대한 막연한 동경과 사랑에서 시작된 나의 이 길은 후회스럽고 고통스러운 적도 한 두 번이 아니었지만 사실 문학이야말로 한편으로는 내가 결국 돌아가 쉴 수 있는 보금자리이기도 하다. 문학을 연구하는 데 있어서 작품에 대한 지나친 사랑이 방해가 된다고 말하기도 한다. 그러나 내 생각으로는 우리가 문학 작품을 분석하고 해석하는 일에 임할 때는 그것에 대한 사랑이 우선해야 한다고 생각한다. 물리학을 하는 사람은 물리를 사랑하고, 수학자는 수학을 사랑하겠지만 문학 연구가들의 사랑은 사실 다른 학문을 하는 사람들의 그것과는 좀 색다른 점이 있다. 그리고 나의 세대에 있어서는 외국문학 연구가 아직 우리나라 형편으로 그 학문적 바탕이 마련되지 않은 것도 이유가 되었겠지만 오로지 문학에 대한 열정에서 시작된 것이라고 말할 수 있다. 문학을 시작하던 젊은 시절, 문학에 대한 우리 세대의 열정은 지금 생각해보면 참으로 우스꽝스러울 정도까지 열렬했던 것 같다. 마치 문학에 대한 짝사랑의 열병을 앓고 있는 사람들 같았다고나 할까.

그러나 한편으로 생각해 보면 급속도로 대량화, 탈 문화해 가고 있는 요즘의 세계적인 현상 속에서 우리가 스스로를 보호할 수 있는 길은 문학뿐이라는 생각이 든다. 문학은 이제 어느 국가나 개인의 경험 범주에서 떠나 보호해야만 하는 아름다운 인류역사와 세계를 지키는 보루이며, 목격자, 고발자, 증인이라고 말할 수 있다. 문학은 잃어버려서는 안 될 세계를 지키는 파수꾼이며, 문학작품이야 말로 이 세계를 지키는 단단한 방파제라고 할 수 있다. 이 무상한 세상에는 영원한 것이 몇 가지 있는데 문학작품이야말로 그 중 가장 중요한 것이라고 생각한다. 밤하늘의 아름다운 별처럼, 영롱하게 각기 다른 빛을 발하는 이들 작품이야말로 영원히 살아남아 우리들에게 끝없이 새로운 모습으로 이야기를 하고 있다. 인간의 삶이 과연 무엇일까 하는 수수께끼처럼 생각될 때가 많으나 시 한 구절, 수필 한 편을 읽을 때 인생을 막연하게나마 느끼고 관조하게 된다. 사실 소설, 시, 희곡 그 자체가 바로 인생이 아니고 무엇이란 말인가.

앞서 학문의 길에는 인내와 절제가 필요하다고 말했지만 교단에 선다는 것 역시 많은 노력과 인내가 필요하다. 제자를 가르치는 일 역시 학문이나 문학과 함께 내 인생의 중대한 일부분인데 교단에 서는 일 또한 그것을 내 생활로 체질화시키기까지 상당한 노력을 필요로 했던 것 같다. 가르친다는 묘미는 가르치면서 함께 깨닫고 또 배운다는 점이 아닌가 싶다. 교단에 선 짧지 않은 세월 동안 부지불식간에 많은 것을 배워 온 것 같다. 걱정스러운 것은 내가 제자들에게 얼마나 큰 도움을 주고 지침이 되었는가 하는 점인데 그것에 대해서는 내 성의를 다하는 것 만으로만 만족하기로 하고 있다.

교직생활을 회상하면서 한 가지 애석한 것이 있다면 내가 은사에게서 배우고자 했던 그 힘차고 아름다운 판서(板書)이다. 수업시간이 끝나 지워버리는 것이 아깝게 여겨지던 그 글씨를 나는 종래 닮지 못하고 말았다. 훌륭한 은사를 만날 기회는 내게 꽤 많았다고 생각되는데 정작 나의 은사는 청춘시절의 대부분을 보낸 외국 학창시절에서가 아니라 풋내기 중학시절에 만났다. 그 어른은 내가 일찍부터 담을 쌓기 시작한 수학과목의 교사였다. 딱딱한 수식을 한 아름 안겨놓고는 숫자처럼 냉정하게 시비를 가리는 공포의 시간에 그분은 봄바람과도 같은 훈기를 풍겨주시는 분이었다. 비정의 학과목을 다시없이 평범하게 몸소 타이르는 듯 품어주시던 선생님의 모습이 지금도 눈에 선하다. 일제 말엽이었지만 보라는 듯이 꾸준히 한복만 입으시던 선생님 모습은 짧지 않은 외지 생활에서 우상처럼 나를 격려해주었다. 나는 선생님의 활달하고도 아름다운 필체를 닮지 못한 채 선생님의 수학과목과는 전혀 다른 과목을 강의하는 몸이 되었다. 그러나 진정 나의 은사와 꼭 한 가지만은 닮아보고 싶은 것이 있다. 그것은 평범하고 인자하고 성실한 스승이 되고자 하는 것이다. 수학에서는 실망을 안겨드렸지만 이 마음가짐 하나만은 그 선생님을 꼭 따라야 한다고 오늘도 스스로 다짐해 본다.

〈서강학보〉 1982

# 미래를 탐색하는 교육

보라,

나는 살고 있다.

무엇으로 말미암아서인가?

어린 시절도 미래도

줄어들지 않는다 ...

팽팽한 지금의 존재가

나의 심정 속에

넘쳐난다.


영원한 시인 라이너 마리아 릴케의 대표작 〈두이노의 비가〉에 이
런 시구가 들어 있다.

"팽팽한 지금의 존재"는 지금 우리들이 살고 있는 바로 지금의 삶이 탄탄해야 한다는 뜻이라고 생각될 수 있을 것이다. 그 삶은 축 늘어진 상태가 아니라 탄탄해야 한다는 것은 곧 보람 찬 삶이라는 뜻이 될 터이고, 이 팽팽함은 각자의 유년기, 더 거슬러 올라 출생 이전부터 지니게 된 모든 삶과 미래가 잡아당기는 가운데 이루어짐을 말한다.

우리는 '교육'이라는 것을 '밟아가는 것'으로만 생각하는 경향이 있다. 그 가장 단적인 현상으로 '고3'은 좋은 대학에 들어가기 위해서 치루는 홍역처럼 여기는 사회풍조를 들 수 있다. 역으로 말하면 좋은 대학에 들어가기만 하면 고등학교까지의 교육은 헌 신짝처럼 버려도 괜찮다는 것이다.

돌이켜 보면 나의 생애는 교육받기 위해서 보낸 시간과 교육하기 위해서 보낸 시간으로 일관하고 있다. 말하자면 나의 지금까지의 삶은 이른바 '교육'으로 일관하고 있다. 이런 나에게 문득 서두에 인용한 릴케의 시구가 생각나는 것은 내가 릴케를 좋아할 수밖에 없는 나와 교육과의 관계 때문만은 아니다. 교육으로 일관한 나의 삶의 경험에서 그 짧은 시구에 담긴 릴케의 인생관이 적중함을 느끼기 때문이다.

인간이 산다는 것은, 가장 뜻있게 산다는 것은 릴케의 표현을 빌리면, 그 삶이 늘 '팽팽한 지금의 존재'일 수 있는 상태가 아니겠는가? 이

팽팽한 지금의 존재가 출생 이전부터 자기가 가진 삶의 모든 가능성과 미래가 서로 팽팽히 당김으로써 이뤄진다는 것은 물리학적으로 설명될 수 있는 일이다.

결국, 교육이란 자기가 가진 가능성을 가장 효율적으로 펴나가기 위한 삶의 중심적인 행위라고 할 수밖에 없고, 그렇기 때문에 결코 지나가 버리는 것, 어떤 자격이나 생활조건을 만들기 위한 방편이나 과정으로 끝나버릴 수 없는 것이 교육이라 할 수 있을 것이다. 그리고 그 가능성은 한 개인이 출생 이후에 거친 교육만으로 이뤄지는 것이 아니라는 점도 진지하게 생각해 봐야 될 문제이다. 가령 우리가 아는 세계적인 음악가 베토벤이나 모차르트 등은 유년기부터 음악의 재능에 두드러졌음을 볼 수 있고, 그것은 그 자신이 받은 교육만이 아니라, 그의 가정, 그의 조상들이 그의 재능을 보장하고 있음을 볼 수 있다.

그리고 자세히 살펴보면 이런 현상은 음악분야만이 아니라 인간 활동의 광범위한 영역에서 뛰어난 업적을 남긴 사람들에게는 이와 같이 출생 이전의 조건까지도 그의 교육에 작용하고 있음을 볼 수가 있다.

누구나 하면 된다고만 가르칠 것이 아닐 성싶다. 늘 자기의 과거 전체를 소중히 받들면서 그 과거를 효율적으로 활용할 수 있는 미래의

독일과 한국 사이 | 체험과 증언

코스를 탐색하면서 착실하게 차근차근 자기의 삶을 쌓아가게 하는 지적 활동이 교육이다. 교육이란 결국 이런 원리에서는 만인에게 공통되고, 그 실제에서는 사람마다 달라야 하는 것이 아니겠는가?

<음악교육> 명사의 교육칼럼 / 1987년 8월호

# 독어와 불어 교육

새로운 것은 좋은 것 일수도 있다. 문교부가 모든 인문계고등학교에 공문 한 장으로 이때까지 독일어 중심의 제2외국어를 하루아침에 (69년 3월부터) 불어일색으로 바꾸도록 시달한 조처에 대해서 필자의 생각으로는 그것이 새로운 일이라는 것 이외의 다른 의미는 찾을 수가 없다. 새로운 것은 과연 좋은 것인가?

공문에 따르면 국제회의에서 모두가 영어외의 국제어로는 불어를 쓰고 있어서 앞으로 한국의 국제적 위치를 높이는 데는 불어 학습이 매우 중요하다는 것이다. 납득이 안가는 설명이다. 이른바 국제어가 그렇다는 것은 이 조처를 강구하게 된 분들이 취임하기보다 엄청나게 소급하는 현상이고 우리가 주권을 내세워 국제적인 회합에 나가게 된 것도 어제 오늘의 일은 아니다. 이 돌연한 문교부의 시달 (그것은 강력

독일과 한국 사이 | 체험과 증언

한 명령의 인상이다)에 앞서 문교부가 그의 교육정책을 결정하는데 필요한 자문과 검토와 협의와 그 데이터를 제시해야 했을 것이다. 제2외국어를 무엇으로 하라고 하는 일은 입시제도를 폐지하라는 조처와는 전혀 성질이 상반되는 일인 것은 문교부가 모를 리 없고 국민이 모를 리 없다. 그것은 국론의 귀추가 있었던 것이고 다만 그 방법을 어떻게 할 것인가를 결정하지 못한 것을 장쾌하게 실행한데 큰 공로가 있고 또 국민의 지지가 있었던 것이다. 그러나 이것은 무엇인가?

독일어학습이 제2외국어교육상 어떤 해독이 있었으며, 불어가 제2외국어로서 얼마나 우리국민생활에 기여할 것이라는 명확한 자료를 문교부가 내놓기 전에 국제회의 운운은 마치 갑자기 생각이 달라졌기 때문에 정도로 밖에는 아무런 의미를 주지 못하고 있다.

문교부가 하려던 고등학교 교과목에서 수학대신에 한문을 가르치라고 공문으로 시달할 수도 있을 것이다. 그러나 공문을 시달하는 일과 국민전체의 이해관계와는 전혀 별개의 일이 아니겠는가.

오늘 우리는 제2경제의 확립을 위해서 거국적인 노력을 다하고 있다. 이 대열에서 문교부니까 이탈해도 좋다고 생각할 수 있겠는가? 한국의 지위는 국제회의에서 불어 하나 더 잘함으로써 향상한다고 설명해서 실감을 가질 국민은 없을 것이다.

우리는 스스로의 노력으로 잘사는 나라가 되고 국민이 되어야 할 것이다. 그러기 위해서 우리들의 지도자들은 '제2경제'라는 탁월하고 실감 있는 비전을 제시했고 점차 그것이 구상화해가는 단계에 있는 것이다. 독일어와 불어라는 글자를 '제2경제' 앞에 놓고 우선 느끼는 각각의 의미를 비교해보자.

물론 필자는 이런 추상적인 얘기에서 이 글을 문교당국에 직언하자는 것은 아니다. 손쉬운 자료로 1966년 12월 31일 현재의 통계를 빌면 우리 국민이 해외에 진출하여 일하고 있는 수효는 불어 사용국(244명)에 비해서 약 20배에 가까운 수(4023명)가 독일어 사용국에 있는 것을 알 수 있다. 이것은 국위와 국세에 직접 관련되는 현상이기 때문에 회의참여의 수와는 전혀 동일하게 고려할 수 없는 문제일 것이다.

한독수교 80년에 서로 주고받은 실리가 미국 이외의 외국으로서는 가장 현저한 사이라는 역사적 사실 앞에서 우리는 이 돌연한 문교부의 조처를 심각하게 받아들이지 않을 수 없다.

교육이 반드시 당면한 실리만을 노려 그 내용을 바꿀 수가 없다. 그 실리조차 분명치 않는 이유를 가지고 하루아침에 그 내용을 바꾸려는 것은 문교부의 단순한 착각 정도로 그치기를 희망할 뿐이다.

〈중앙일보〉 1968. 12. 3

# French vs German

The following article was contributed by Prof. Bok-nok Kwak of Sogang Jesuit College. - Ed.

By BOK-NOK KWAK

Novelty is often welcome. Is it always? I am referring to the case in which the Ministry of Education had instructed our nontechnical high school administrators to teach the French language as the second foreign language instead of German language which has been taught in the past.

I believe, however, the ministry gave the public reasons hard to grasp. It has insisted that the French language in international gatherings. Therefore, the ministry has reasoned, the nation's image, or whatever you may prefer to call it, could be enhanced by teaching French in all nontechnical high schools here.

Personally, I don't get the ministry's reasoning on the matter. First, French has long been recognised as an official international language, even long before the present policymakers came into office. Secondly, the nation has achieved its sovereignty more than 20 years ago and has been represented in numerous international meetings since without much of the language problem which the ministry gave us as the cause for the curriculum revision.

I am sure that the ministry has realized the difference between abolishing the middle school exams and what foreign language should be taught or not in our high schools. In the case of the former, the public opinion was unanimous for the abolition of the exams. The question was on the method of how to abolish the exams system.

독일과 한국 사이 | 체험과 증언

In the question of the second foreign language, however, the ministry had issued rather hasty  order without having studied some pertinent questions. I would be satisfied if the ministry had provided us with relevant data convincing the public as to what were advantages and vice versa of teaching either of the languages. More specially the ministry has failed to appraise the subject matter from the standpoint of our national advantage.

Suppose the ministry has a right to order school administrators what to teach or not to teach, I believe the ministry can substitute the Chinese language for mathematics in the future. Is this proper, I ask, for the ministry to revise the curriculum as it prefers?

Now let's turn to statistics. As of Dec. 31, 1966, there were 244 Korean students in French speaking countries as compared with 4,023 Koreans studying in German speaking countries. Granting that these figures have nothing to do with international meetings, they show, nevertheless, a significant relevance to our national relations with other countries.

Korean German relations have been nearly 80 years. The German influence in our society  still remains next to  that of the United States. I wonder whether the ministry has considered any of these facts before it made the hasty decision of substituting French for German in our nontechnical high school' s curriculum.

<The Korea Herald> Herald's Relay / December 15, 1967

# 뤼프케 대통령 방한

오늘날 독일은 가장 긍정적인 면에서 세계의 독일이 되어있다. 그러나 그 국토는 유럽에 있으며, 그 곳의 국가원수가 한국을 방문하게 된 것은 우리 역사상 처음 있는 일이다.

지난번(1964년)에 우리 대통령의 방독에 대한 답례의 형식으로 내한하게 되는 뤼프케 독일 대통령은 외교상으로 처음 한국에 발을 들여놓는 유럽의 국가원수이며, 우연한 일치로는 새로 준공을 보게 된 영빈관에 처음으로 여장을 풀게 되는 국빈이 되는 것으로 듣고 있다.

물론 뤼프케 대통령을 환영하는 범국가적인 의지는 이런 첫 번째 손님이라는 수열상의 우대가 아니다. 분명히 말해서 우리는 그 분을 환영하는 것이다.

필자가 알기로는 뤼프케 대통령이 한국 국민에게 소개된 것은 우리 대통령이 방독했을 때이며, 그 이후 그분에 대한 별다른 정보를 얻지 못한 것 같다. 그러면서도 잘 알려져 있는 세계의 어느 지도자 못지 않게 우리의 친근감을 불러 일으키는 데는 까닭이 있다. 그것은 그분이 독일의 국가원수이며, 그분에 대한 우리의 존경과 친숙은 곧 우리와 독일 사이에 짧지 않는 시간을 두고 맺어온 우호적이며 정신적인 관계의 깊이에 말미암은 것이라 생각한다.

그리고 제3공화국이후의 우리에게 있어서 독일은 경제적인 면에서 우리에게 접근하여왔다. '한강의 기적'이라는 그들의 구호를 본 땄다는 정도가 아니라, 오늘 한강은 황해를 통해서 라인강의 그 물과 불가분 어울려 있는 실감을 주고 있다.

필자의 전공한바가 못되어 여기에서 그 구체적인 '데이터'를 제시할 수 없는 일이지만 종합적으로 말해서 독일은 이미 우리의 도약에 중요한 발판이며, '소오스'임은 흔들릴 수 없는 상태에 있는 것이라

독일과 한국 사이 | 체험과 증언

하겠다.

더욱이 그들과 우리는 전후에 양단된 국토에서 비극적인 삶을 영위해야 할 입지 조건을 나누고 있다. 국가와 국민의 발전이 물질적인 것에만 의존할 수 없고 보면 이것은 우리와 그들이 이 지구상에서 맺어갈 우호와 협조와 격려를 승화시킬 수 있는 근본적인 동기가 되고 또 그렇게 되리라 믿는다. 결국 우리와 독일의 관계는 1883년 독일과 맺은 최초의 수교로 소급하지 않더라도 또 독일의 음악, 철학, 문학이 우리들에게 미친 막중한 영향을 저울질하지 않아도 된다.

어제 우리의 영도자가 그 나라에 가고, 오늘 그들의 영도자가 이 나라에 오는 사실만으로도 우리와 독일의 관계는 실감되고 남음이 있기 때문이다.

이 실감은 존중되어야 한다. 그리고 이 실감이 발전되는 한 한강과 라인강을 교체하는 구호도 실감 있는 날이 오고야 말 것이다.

그러므로 우리는 온 국민이 그가 서있는 위치에서 응당한 실감을 가지고 오늘 '뤼프케' 대통령을 환영하게 되어있다.

그 분은 농촌출신의 대통령이다. 출신이 그럴 뿐 아니라 오늘 독일의 농민을 세계에서도 가장 생활수준이 높은 농민으로 만든 공로자인 것이다.

오랫동안 농민의 지도자로서, 전후에는 11년간 농림장관을 지내면서 그분은 적극적이며 효율적인 농촌진흥책을 수행하여 오늘 독일국민의 존경을 차지하게 되었다.

그러므로 그분을 맞는 우리는 기계공업을 연상하기 쉬운 독일에게 새로운 기대를 갖는 마음도 없지 않아 생기게 된다. 우리야말로 시급히 그리고 강력하게 농촌진흥을 위한 시책을 필요로 하는 단계에 있기 때문이다.

뤼프케대통령의 방한을 다시 한 번 정중히 환영한다. 그리고 이 환영이 그분의 방한이 구호나 표본으로서의 독일이 아니라 실감 있게 호응하는 동조자로서 호혜 하는 국가들의 새로운 역사를 창조하는 데 더욱 강력한 유대를 가지게 될 것으로 믿는 바이다.

<주간 새나라> 1967. 2. 27

# 독일문화원

'USIS' 라는 이름으로 불리는 '미국 문화 공보원' 에 익숙한 우리의
귀에는 'Goethe-Institut' 라는 이름이 생소할 수밖에 없다.

이 기구는 공식적으로는 이번 '뤼프케' 대통령 내한을 계기로 알려
졌지만 담당하는 일이 USIS와 비슷하다. 그래서 'Goethe-Institut' 는
직역하면 '괴테 연구소' 라 할 수 있을지라도 그 임무에 따라 '독일문
화원' 이라 일컫는 게 적절하다.

'괴테연구소' 또는 '독일문화원' 의 창설은 1932년에 있었다. 그해
는 다름 아닌 괴테 서거 100주기에 해당된다. 그러므로 '괴테연구소'
는 괴테기념연구소라 부를 수 있는 성격을 가지고 출발한 것이다. 이
것을 좀 더 길게 풀면 괴테가 그의 문학에서 보여준 정신의 세계를 받
들어 구체적인 문화교류를 이루기 위한 활동의 장이라 할 수 있다.

괴테가 보여준 정신의 세계를 설명하자면 장황한 문학사 얘기가 될 것이기에 우선 괴테와 독일국민과의 관계만을 살펴보자. 독일인은 국가적인 화난을 당할 때마다 괴테를 상기하자는 소리 없는 구호가 그들을 격려하였다. 그러므로 나치스의 문화정책에 있어서 공격의 대상에서 이 독일문화원이 제외될 수는 없어 집권과 더불어 폐쇄되었다가 2차 대전 후 1952년에야 다시 문을 열게 된 것이다.

분명히 '파우스트' 라는 문학작품이 유명한 나머지 괴테의 세계주의를 간과하게 되어 있는지 모른다. 괴테는 그가 낳은 문학을 통해서 오늘 이 땅의 많은 젊은이에게 꾸준히 영향을 주고 있고 그의 생애가 정수해놓은 범세계적 교류의 필연성은 오늘 한국에도 실현되려하고 그것이 바로 '괴테연구소' 또는 '독일문화원' 인 것이다.

아마도 연내에 설치될 서울의 독일문화원은 어떤 곳이 되겠는가? 현재 독일문화원은 전 세계에 80여개소가 있다. 그 가운데서 서울의 것은 가장 완벽한 활동력을 구사하게끔 설치를 추진하고 있음은 이미 알려진 사실이다.

여기에서는 독일문화 접근의 도구라 볼 수 있는 독어교습이 그 기반이 될 것이다. 그러나 몇 개의 '코스' 를 가질 이 독어교습은 상급에 가서는 직접 독일의 문화와 기술에 직결시켜 교습하는데 특색이 있다.

말하자면 이 연구소의 성격가운데 가장 큰 것은 무엇을 '나누어주는 곳' 이 아니라 '함께 나누어 가지는 데' 있다고 할 것이다.

따라서 그 활동의 분야도 독일문화의 선전에 있는 것이 아니라 독일 문화와 그 설치된 지역의 문화와 공동참여를 지향하게 될 것이다. 그 밖의 활동은 USIS의 그것과 별다름이 없을 것으로 봐도 될 것이다. 어쨌든 오늘 우리는 라인강과 한강의 직결을 현실화하는 단계에 있다. 그런 우리들이고 보니 독일과 구체적이며 능동적인 문화의 교류는 이 과업의 정신적인 주축을 마련하는 것으로 평가할 수 있을 것이다.

독일문화원이 어떻게 이 일에 공헌할 것인가? 그것은 아마도 우리가 이 기구를 어떻게 기대하고 활용하는가에 달려있을 것이다.

〈대한일보〉 1967. 3. 9

1964년 독일 뤼프케(Heinrich Lübke) 대통령 방한 시
박정희 대통령의 통역을 담당한 곽복록 교수

157

# 서독 국제 PEN 대회

지난 6월 22일 독일 펜이 주관하는 국제 펜대회가 함부르크에서 열렸다. 우리 펜에서는 전숙희 회장과 15명의 회원이 참가했는데 이처럼 많이 참가한 것은 내년에 있을 루가노(스위스)대회에 이어 '88년 제51차 펜대회'를 한국 펜이 주최하게 되기 때문이다. 향기 짙은 고도 경주에서 열리게 될 88년 펜대회는 올림픽 체전과 아울러 문학의 대제전을 우리가 주최한다는 보람을 준다.

이번 대회의 주제는 '현대문학에 반영된 시대역사'로 독일 펜이 내세웠다. '시대역사'라 옮길 수 있는 이 말은 변천해가는 시대의 한 단층으로서의 현대가 아니라 인류의 전 역사에서 차지하는 역사적인 특질로서의 현대를 가리키는 것으로 생각할 때 이번 대회의 주제가 가지는 의미도 확연해진다.

인류 최대의 비극이었던 2차 세계대전을 일으키고 분단국으로 갈라진 독일이 그 후 반세기가 흐른 오늘에 와서 그 비극이 인류의 역사에서 차지하는 의미가 무엇인가를 살펴보려한 것이다.

이런 뜻에서 대회 벽두 독일 참여문학의 기수인 '그룹47'의 리더 귄터 그라스의 기조연설이 있었고 한 자리에 모인 세계의 문학인들도 숙연한 마음으로 경청할 수 있었다.

그러나 '현대문학'이라고는 하지만 실질적으로는 영어 독어 불어로 쓰인 문학이고 다른 언어로 쓰인 문학작품은 이들 서양어로 번역되어야만 세계문학, 현대문학이 될 수 있는 부조리를 우리는 안고 있다. 그러므로 이번 대회에서 비로소 이 문제를 토론하기 위한 분과위를 따로 마련한 일은 펜대회 1세기 역사에서 특기할만한 일이다.

'소외된 문학' 소분과위로 부르게 된 이 분과위는 토론에 앞서 각국 시인들의 시를 그들의 모국어로 낭독하고 영 독 불어로 번역한 시를 다시 낭독했다. 이처럼 이번 독일 펜이 소외된 문학에 세계적인 관심을 돌리려고 애쓴 것은 급속도로 지구 전역이 한 생활권이 되어가는 시대적 추세로 볼 수 있는 일이지만 그에 못지않게 독일 현대문학의 특질에도 기인하는 것으로 생각된다.

즉, 괴테의 스승인 헤르더는 이미 1779년에 '각 민족의 목소리'라

는 관점에서 민요를 문학의 차원에서 다룬 선구자였고 괴테도 중국문
학을 접하고는 "어느 나라에도 훌륭한 시인이 있다. 우리는 세계문학
을 위해서 노력하자"고 그의 제자인 에커만에게 말한 적이 있다.

필자는 독일 펜으로부터 이 분과위의 일을 맡아달라는 위촉을 받
고 사회자로서 토론을 진행했는데 진지하고 열띤 부위기가 지속되었
다.

2년 후에 우리가 주관할 펜대회에서는 이 문제를 본격적으로 논의
하여 소외된 문학의 세계화를 위해 좋은 결실을 거두기를 기대하고 싶
다.

〈한국일보〉 1986. 7. 15

독일과 한국 사이 | 체험과 증언

# 서울 국제 PEN 대회

역사는 되풀이 한다고 옛 사람들이 일러왔다. 내버려 두어도 되풀이 하는 것이 역사라는 뜻이 아님은 분명하다. 그렇다고 한 번 창조한 것은 다시 창조할 수 있다는 가능의 역사성을 말하는 것만도 아닐 것 같다. 한 번 의도하고 실현하고 성공한 일은 되풀이하게 된다는 뜻이 '역사의 반복성' 의 의미가 아니겠는가? 이런 생각을 해보는 것은 내가 이미 18년 전의 일이 되어버린 1970년 펜 대회를 어제처럼 생생하게 기억할 수 있는 입장에 있기 때문일 것이다.

1970년 - 우리는 그때 그야말로 역사상 최초로 세계적인 규모의 문화 행사를 맞이하여 겪은 초조와 흥분은 어떻게 보면 초산의 산고에 비교할 만하였다고 생각된다. 그리고 다시 그 대회를 이 서울에서 두 번째로 맞이하게 되었고, 그 대회의 주역이시던 분들은 이미 대부분이 대회에는 참석할 수 없게 된 채 사무국장이라는 심부름꾼이던 필자가 다시 이 대회의 한 옆에서나마 참여하게 되고 보니 역사의 반복성의 의미가 단순하거나 자연 발생적인 것으로만 받아들여질 수 없는 냉혹하고 준엄한 힘을 느낄 수밖에 없다.

먼저 생각나는 것은 제37차 세계 펜 대회와 제52차의 그것의 시간적인 간격이다. 그간 펜은 여러 차례 장소를 바꿔 대회를 치른 다음, 다시 서울로 돌아온 것이다. 현재 펜에 가입된 회원국의 수는 70여 개 국이다. 그런데도 70여 차례만이 아니고 훨씬 앞당겨 다시 서울이 개최지가 된 이 사실을 우리는 어떻게 해석해야 될까?

세계적 규모의 대회, 그것도 펜 회원의 구성과 이 시대의 양식(良識)이며 지성의 상관도를 생각할 때, 그 흔한 상업교류나 기술교류의 대회와는 전혀 다른 것이 이 대회이다. 개최국은 그 나라의 문화적 성취 능력의 척도를 노출하지 않을 수 없고, 그 척도는 또한 그 국민의 총체적인 창조 역량의 척도라는 점과 아울러, 적지 않은 경비의 부담을 면할 수 없는 대회이다.

모든 회원국들이 차례대로 세계 펜 대회를 개최한다면 그것을 우리는 1세기에 한 번 갖기 힘들 텐데 17년 만에 다시 갖게 된 것이다. 어째서 그럴까? 우선 생각할 수 있는 일은 좋든 나쁘든 오늘의 한국은 세계의 한 관심사의 나라라는 점이일 것이다. 우리들이 무기력하다면 세계가 우리를 관심할 리 없고, 우리 스스로도 그 세계의 관심을 지탱할 수 없을 것이다.

세계의 관심은 곧 세계 속에서의 우리의 처지, 한국의 위상을 나타내는 일이기도 하다. 그러므로 우리는 17년 전의 이 대회 때와는 우선 우리 회원 각자의 마음가짐이 달라져야 하고 또 달라질 수밖에 없을 것이다. 그때 우리는 강력한 정부의 힘 앞에 우리 스스로가 얼떨떨한 채로 이 대회를 맞이하였고, 그 강력한 힘에 의해서 밀어붙인 듯한 대회를 치른 것이다. 그 대회에 깊이 관여했던 나로서는 이렇게 회상할 수 있다.

그런 지난 대회에 비해서 비교적 이번 대회는 담담한 마음으로 맞이하고 있는 것 같다. 이 담담한 마음은 불과 17년이란 기간을 둔 것에서 비롯할 것이다. 그러나 우리도 모르는 새 우리들 자신이 우리의 문제를 해결하는 주역이 될 만큼 역량이 커진 것이다. 이것이 곧 우리가 지향하는 민주화의 길이 아닐까.

이번 대회의 제1주제는 '급변하는 사회에 있어서의 문학의 가변성과 영원성'이다. '급변하는 사회'라고 했는데 인간의 사회란 늘 급변하는 것이 특성이 아니겠는가? 한 변화를 지켜보는 시점의 길이와 넓이에 따라 변화는 느리게도 보이고 빠르게도 보인다. 예를 들면 한 꽃 봉오리에서 활짝 핀 꽃이 되기까지 1주일이 걸려도 그것을 카메라로 찍어 10분 동안 지켜보면 그 개화 과정은 급속도로 진행되는 이치와 견주어 생각할 수 있다. 결국 오늘 우리들이 사는 세계는 옛날에는 긴 기간이 지나야 눈에 띄던 변화가 빠른 기간에 드러난다고 볼 수 있다. 그 시간의 변화에다 공간의 변화가 따르니 더욱 변화는 급속도로 나타날 수밖에 없다. '지구촌'이라는 말이 생기듯이 오늘의 사회는 한 지역만이 아니라 전 지구가 같은 연관 속에서 변화하는 사실을 중시해야 할 것이다.

한국 펜이 1954에 창설되고 나서 우리는 많은 대회에 참여하였다. 그리고 그때마다 우리의 정치상황과 작가의 자유라는 문제와 관련해서 우리는 늘 궁지에 몰린 입장에 있었다. 그러나 어느 나라의 회원이라도 한 나라의 상황을 왈가왈부할 수 없는 입장이라는 생각이 든다. 만약 한 나라의 상황이 범죄적인 것이라면 모든 나라가 다 공범자라 해도 전혀 엉뚱한 얘기는 되지 않는 게 오늘의 지구이자 그 지구 위에서 이뤄지는 인간의 사회라 할 수 있지 않는가?

그렇다고 오늘 우리의 사회적 약점이 우리의 책임이 아니라고 주장하자는 것은 아니다. 다만, 우리의 오늘의 약점도 바로 내일 우리가 개선해야 할 과제라는 생각으로 능동적으로 대처해나가야 할 것이다. 이런 점에서 우리의 지난 17년은 여러 회원국 회원들에게 강력한 설득력을 가질 것이다.

그새 우리는 남들이 '신흥 공업국'이라 부를 만큼 강한 생산력을 배양했다. 그리고 이 생산력을 바탕으로 만들어낸 부를 극심한 격차 없이 온 국민이 가질 수 있는 방안을 지금 모색하고 노력하고 있는 이 사실을 우리가 나서서 먼저 부정할 필요가 없다.

한국문학이 영원하기에 앞서 한국이 영원해야 할 것이고 오늘 우리는 한국과 한국문학의 영원성을 확신해도 좋을 만큼 고생도 했고 노력도 해온 것이 사실이 아닌가?

철학적인 얘기가 될는지 모르지만 작게는 이 우주공간에 있는 가장 작은 것으로부터 전 우주가 한결같이 끊임없는 변화 속에서 영원에 지탱되어 존재하고 있다. 그러므로 오늘 우리가 우리 시대의 급변성을 얘기한다는 것 자체가 우리 존재를 우리가 인지한다는 것이 된다. 그런 의미에서도 이번에 정한 제1주제는 전번 한국대회의 주제 '동서문학에 있어서의 해학'에 비해 크게 자기 인식을 심화한 것이 된다. 나의 상황을 내가 인식하기 시작했다는 것은 곧 그 상황의 변화, 상황의 극복을 향한 의지와 영위의 출발점이라는 것은 말할 나위도 없다. 그러므로 얼떨떨한 채 치른 전번 대회와는 달리 이번 대회는 우리의 강한 의지를 야무지게 보여주어야 할 것이고 그렇게 될 거라고 믿는다.

야무진 의지의 표현, 그것이 곧 자신감일 터이고 또한 가변성 속에 이뤄지는 영원성의 표현이 아니겠는가? 몇 차례에 걸쳐 펜 대회를 다녀봤지만 인상에 남는 것은 주최 측의 자신감의 척도였다는 것이 솔직한 나의 체험이다. 짧은 기간에 무작위로 모인 세계의 회원들이 어떤 문화 현상에 대한 견해를 매듭짓는다는 것은 원칙적으로 불가능하다.

그런 불가능을 알면서도 세계를 번갈아, 이 대회의 개최를 펜이 계속할 수 있는 까닭은 무엇인가? 그것은 어떤 강대국이라도 또 어떤 발전된 민주주의 국가라도 세계와 어울리지 않고 존재할 수 없는 오늘 이 시대의 생리에 기인하는 것임이 분명하다. 그러므로 이제 우리가 다시 이 대회를 서울에서 개최하는 것은 한국이 꾸준히 자기 개선의 노력을 하고 있다는 증거이며, 한층 더 효과적으로 그리고 가족적으로 민주주의라는 영원한 과제를 향해서 전진하고 있기 때문이다.

이번 대회에서 우리가 보여줄 것은 이 영원의 의지를 급변하는 한국과 세계를 내딛고, 회원국 회원들에게 자신 있게 보여줄 일이라고 생각한다.

벌써 햇수로는 14년 전 일이 되어 버렸지만, 1974년 12월에 있은 이

스라엘 펜 대회의 한 장면이 지금도 잊어지지 않는다. 이 대회에는 특히 세 사람의 세계적 작가가 참석하여 빛을 냈다. 서독의 하인리히 뵐, 프랑스의 극작가 유진 이오네스코, 유태계 미국인 소설가 솔 벨로우가 그들이다.

하인리히 뵐은 1971년 9월 국제 펜클럽 창립 50주년을 맞는 더블린 펜 대회에서 독일 작가로는 처음으로 국제 펜클럽 위원장에 선출되었다. 그의 작품에서 우리는 인간상실의 비정한 세계에서 인간을 수호하고 인간의 양심을 부활시키려는 다양한 시도를 접한다. 그리하여 독일의 치부였던 것들이 노정되고 인간정신의 모독의 죄과가 처절하게 고발되었다. 이런 공로로 1972년도 노벨문학상이 그에게 주어졌다.

하루는 주최 측에서 대회에 참석한 모든 회원들을 '수난의 박물관'으로 안내했다. 이 박물관은 2차 대전 중 독일이 학살한 6백만 유태인의 수난을 기념하고 다시는 이런 비극이 지구상에서 일어나지 못하도록 하는 뜻에서 마련된 끔찍한 증언의 박물관이다.

이 박물관 참관에 독일 펜의 회원인 하인리히 뵐도 낄 수밖에 없었다. 뵐은 묵묵히 끝까지 참관했다. 그리고 그는 참관한 모든 회원들 앞에서 즉석연설을 했다. 침통한 표정이었으나 또박또박 이어지는 그의 연설은 독일 국민이 저지른 역사의 대죄를 성실한 자세로 받아들이고 그것에 대해서 우선 여기 모인 세계의 작가들 앞에 사과하면서 자기가 쓰는 고발문학은 고발을 위한 고발이 아니라 이런 인간의 엄청난 범죄를 예방하는 적극적인 의미를 가진 것이라고 언명했다.

을씨년스런 그 박물관의 분위기에서 참관한 모든 회원들이 받은 침울함이 뵐의 이 속죄의 발언으로 안개 걷히듯이 사라졌다. 그때의 뵐의 연설이 지금껏 내 추억에 살아남은 것은 그의 끈질기고 강력하고 차원 높은 고발문학의 힘이라 생각된다.

그때 뵐은 인간의 활동의 가변성과 영원성을 '수난의 박물관'이라는 무대에서 연출한 것이다. 나의 짧은 경험으로는 펜의 세계대회는 토론과 협의의 장소를 마련할 뿐만 아니라 더 나아가 만남과 만남에 의한 아름다운 추억을 만드는 장소이며 또 그렇게 되어야 한다.

아무튼 이번에 다시 서울이 맞는 펜 대회가 참석한 모든 회원들에게 아름다운 추억의 한마당이 되길 빌 따름이다.

〈동서문학〉 1988년 9월호

독일과 한국 사이 | 체험과 증언

4부

# 생활과 역사에 핀 상념

# 아라사 담요

'아라사'라는 말을 듣고, 러시아 곧 지금의 소련을 생각하는 세대는 그리 많지 않을 것 같다. 그런데 설령 아라사를 알아듣는 사람들 중에서도 '마우재'가 무슨 뜻인지 물어보면 어리둥절해 할 사람들이 많을 것이다. 마우재는 소련의 연해주와 인접한 함경북도 사람들이 러시아 사람을 가리킬 때 주로 사용한 것으로 기억되는데 이 무렵의 한국인이 소련 대신 아라사라고 했으니 마우재는 극히 제한된 지역의 사투리인 셈이다.

그런데 이 마우재라는 말이 박경리 씨의 〈토지〉에 나오는 것을 보고 나는 새삼 반가와 감탄하기도 했다. 이제부터 이야기는 마우재가 만든 담요와 나와의 인연에 관한 것인데 지나간 시대의 옛 정취를 살려 러시아나 소련 대신 아라사라는 표현을 쓰는 것도 괜찮을 것이다.

아라사에서 만든 담요, 즉 '아라사 담요'가 내게 한 장 있다. 아라사라는 말만큼이나 낡은 담요이지만 날이 추워지면 지금도 나는 이 담요를 쓴다. 물론 이 담요가 아라사 제품이라는 확실한 증거를 보여주는 표식은 낡은 담요 어디를 뒤져도 찾을 길이 없지만 내가 아라사 담요라고 주장하는 데에는 나름대로의 사연이 있다.

이미 2년 전에 작고하셨지만 내 고향 분으로 먼 누님뻘 되는 부인이 게셨다. 전형적인 함경도 여인으로 의사이던 이 부인은 해방이 되자 서울로 내려와 병원 개업을 했고 외동딸은 의과대학으로 보내서 산부인과 의사가 되게 했다. 그래서 말년에는 딸네 집에 의지하고 있었는데 하루는 긴히 할 말이 있으니 한 번 들러달라는 것이었다. 내가 그 집을 찾아가자 부인은 미리 내놓았던 낡은 담요를 펴 보이면서 이 담요의 내력을 나에게 들려주는 것이었다.

이 담요는 내가 외국에 있는 동안 내 아버님께서 그분에게 건네준 것이라고 했다. 아버님은 해방 이듬해에 형님과 나를 서울에 보낸 채 고향에 머무르시다가 1.4 후퇴 때 홍남에서 철수하는 배를 타고 부산에 도착하셨다. 부인의 이야기는 부산 피난시절로 소급하는 것이었다.

즉 아버님이 그 궁핍의 부산 피난시절 그 분을 찾아와서 이 담요를 맡겼고 부인은 얼마간의 용돈을 아버님에게 드렸다는 것이다. 그때 아버님은 이 담요가 다름 아닌 아라사 담요라고 하셨다는 것이다. 그런데 이제는 이 담요를 당신의 하나밖에 없는 자식인 나에게 넘겨 주어야겠으니 받아가라는 것이었다.

부인의 말대로 나는 아라사 담요를 넘겨받아 지금껏 사용하고 있다. 이렇게 낡고 허름한 담요를 오랫동안 애용하는 나를 보고 조카들은 절대로 할아버님이 그랬을 리가 없다고 주장하지만 나는 그때 그 담요를 보고 만진 순간의 강렬한 느낌을 지울 수가 없다.

아버님은 내가 독일에서 유학을 마치고 고국으로 돌아오기 2년 전에 돌아가셨다. 내가 고국에 없는 동안 아버님과 그 분은 자주 만났을 것이다. 그런 분이 담요를 고이 간직했다가 펼친 순간 와락 엎드려 울음을 터뜨릴 뻔했던 심정을 조카들이 어떻게 알겠는가. 그리고 지금도 그 담요를 내가 버리지 못하는 것은 아버지와 자식의 혈연을 끊지 못하는 지극히 당연하고 평범한 생의 유대라고 할 수 있지 않겠는가.

이 담요는 추운 바깥 공기로부터 나를 보호해주듯이 하루의 생활에 지친 나의 마음을 편안하게 해준다. 좀 과장되게 말하면 마술의 담요라고도 할 수 있다. 이토록 소중하고 고마운 유산을 아버님으로부터 손수 받지 못한 것은 나의 불행이고 불효일 것이다.

하지만 먼 고향 먼 혈육의 손을 거쳐 이번 겨울도 나의 밤을 지켜주는 한 장의 낡은 아라사 담요를 내가 지닐 수 있다는 것은 얼마나 다행하고 행복스런 일인가.

문득 북녘 땅의 시인 이용구의 시가 생각난다. 그가 1937년 유학하고 있던 동경에서 낸 처녀시집 〈분수령〉의 첫머리에 실린 '북쪽'이라는 시인데 "시름 많은 북쪽 하늘에/ 마음은 눈감을 줄 모른다"는 구절이 있다. 시인의 그때 눈감을 줄 모르던 마음이 어쨌거나 여전히 내 마음도 눈감을 줄 모를 때가 있는 것은 그나 나나 다 같이 북쪽이 고향이기 때문만은 아닐 것이다.

신동아 / 1989년 1월호, 335쪽

# 학점미달

"주여, 가을입니다." 시인 릴케는 이 구절로 그의 보석 같은 시 〈가을〉을 시작하였다. 그러나 내가 지금 하려는 얘기는 그런 가을을 노래하는 현란한 것이 못되고 다분히 떨떨한 몇 해 전 어느 봄날의 회상이다.

학교 근처 다방에서 약속한 친구를 기다리느라고 차를 마시는 참에 문득 옆자리에서 하는 두 학생의 대화가 귓전에 들어온다. 한 쪽 학생은 무척 흥분하고 있어서 그의 얘기를 안 들을 수 없었다.

그 학생은 가정교사라는 흔한 〈아르바이트〉로 대학생활을 해가는 어려운 처지에 있었다. 그래 이번에는 장학금을 타려고 애써봤는데 한 과목의 점수가 미달이라 자격을 상실했다는 얘기다.

애석한 일이다. 그런데 문제는 다음이었다. 도대체 그 점수 미달의

과목은 대수롭지 않은 과목이요, 담당교수 또한 출석률에 따라 해당 과목의 점수를 결정한다는 것이다. 무척 속이 상해서 그 학생은 학점을 얻을 겸 최소한도로 그렇게 나쁘게 나올 리 없는 자기 점수를 따질 겸 한보따리 들고 갔는데 교수는 종시 벽창호였었다는 것이다.

내가 이런 걸 회상하고 있는 지금은 가을이다. 그들은 이미 이 가을 하늘아래 어느 직장에서 사회인으로 또 긍지 높은 시민으로 생활을 영위하고 있을 것이다.

그리고 "모든 것이 떨어지고 있는" 이 가을에 잠시 떨떨한 어느 봄의 '스냅'을 내가 회상하듯이 그도 그럴는지 모른다.

오늘도 나는 분필을 드는 생활을 계속하였다. 나의 후배요, 그의 후배들의 수강신청을 받고 시험을 치르게 하고 낙제 점수도 줘야 하고, 이렇게 계속하고 있다. 그리고 이 가을이 흐르듯이 교육은 여전히 진행되고 있는 것이다.

〈중앙일보〉 1966. 10. 18

# 소화제

　수많은 어린학동이 가슴을 죄며 치러야 할 중학교 입시가 다시 임박하였다. 솔직히 말해서 나는 여러 해를 살았던 미국과 독일에서는 중학교 입학시험을 의식한 것 같지 않았다. 분명 우린 좀 심한 편이다. 그나마 올해는 예년보다 이 입시소동을 좀 더 심각히 생각하게 되었는데 그것은 아이들의 대화를 지나는 길에 귀담아 들었기 때문이다.

　한 아이가 머리가 좋아지는 약을 끄집어내고 공부를 적게 하고 좋은 중학교에 들어갔으면 좋겠다는 얘기를 했다. 천진하다고 새긴다면 그뿐이다. 그러나 나는 이 대화에서 개운치 않은 하나의 경험을 연상하게 되는 것을 어쩔 수 없었다. 며칠 전 나에게 이렇게 묻는 사람이 있었다. 즉 어느 외국의 제약회사 간부가 한국에 왔다가면서 여기선 소화제만 팔 수 있게 되면 돈은 벌겠다는 의견을 표명했다는데 그게 사실일 수 있느냐고 물었다. 소화제의 수요공급을 통계로 비교해보고 싶은 생각은 없다. 그러나 오늘 우리의 매스컴이 알리는 광고는 우리들로 하여금 소화제 속에 살고 있는 듯한 인상을 준다. 그렇게도 소화할 식품을 많이 먹는지, 아니면 소화되지 않는 식품만 골라서 먹는 건지 알 수는 없지만, 위액처럼 이것은 쓰다.

먹고 배탈 나고 약을 사먹는 사람들과, 그들을 겨냥한 제약회사의 과장선전이 백중한 실력대결을 하고 있은 지는 이미 오래다. 하지만 '아무리 먹어도 배가 고파지는 것'은 그들의 PR에만 있지 않는 것 같다.

머리 좋아지는 약이나 생각하고 배움을 소화시킬 줄 모르는 학동을 위하는 길은 없을까?

〈조선일보〉 일사일언 / 1966. 1. 24

독일과 한국 사이 | 체험과 증언

# 이상론자들

　이상론자, 이 말이 과히 어색한 감을 주지 않는 것은 이미 그것이 우리 자신을 가리키는 까닭에서 일 게다. 그것은 아마 가난한 살림살이와 각박한 현실의 시달림에서 오는 향일성 인지도 모른다.

　이것은 현실에 대한 지나친 불평과 불만으로 나타나든가, 아니면 아예 현실을 외면해 버리고 둔감해지는 형태로서 탈바꿈한다. 예를 들면 급한 일이 있어 택시를 타려해도 시비 한 번쯤 하는 게 보통이요, 웬만한 줄달음은 어림없으니 점잖은 얼굴 속에는 이것이 바로 나의 현실이라고 체념하지만 그 밑에 도사린 불평과 불만은 부정할 수 없는 것이다. 또 하나의 유형은 일찌감치 현실에 대해 눈을 감아버리는 경우다. 자기 입에 풀칠만 하고 적당한 온도로 몸을 감싼 다음에는 일체의 현실에 대해 무감각해진다. 옆에서 누가 신음을 하든 지 소리를 지르

든 그것은 나와는 전혀 무관한 일이요, 오직 나에겐 나의 현실이 있을 뿐이라고 아예 눈을 감아버리는 사람들.

그러나 우리는 이들에게서 많은 모순을 발견하게 된다. 일류학교 진학, 즐겨 규탄하는 암표거래, 구공탄 난리 등에 대해 신랄한 비판을 가하면서도 매스컴을 통하여 그들은 은근히 사건 맛을 들이고 있으니 말이다.

이러한 이상론자들이 우리 주위에는 얼마나 많은가. 그들의 본의 아닌 악덕을 생각하면 조그마한 선의의 행위는 한낱 애교에 불과한 옛날 얘기가 되어버리고 마는 것이라고 단정해도 좋을까.

〈조선일보〉 일사일언 / 1966. 11. 15

# 수고하십니다

'태초에 로고스가 있었다.'

이것은 그리스어로 된 성서의 말이다. 이것을 '태초에 행위가 있었다.'라고 번역한 대사를 괴테는 그의 〈파우스트〉에서 내놓았다. '행위'가 곧 '일'이라고 단정할 수 없지마는 '일'이라는 것에 대해서 그것을 어떻게 해석하느냐 하는 논의는 더욱더 구구하다.

가령 우리는 일하는 사람을 만났을 때 '수고하십니다'라고 해야 인사가 되는 것으로 통하고 있다. 당연한 얘기지만, 일을 하는 것은 노는 것보다 수고로운 것이다. 하지만, 나의 경험으로는 유럽 사람들이 우리처럼 그런 경우에 '수고하십니다'라고 인사하는 것을 본 적이 없다.

왜 그러지 않느냐고 따져보지 못했지만, 자기 일을 자기가 하고 있는 것을 수고라고 생각하지 않기 때문이 아닌가 짐작하고 있을 뿐이다. 분명 우리는 일에 대해서 그릇된 전통을 가지고 있는 것 같다.

자기가 자기 일을 수고롭게 해야 함은 지극히 당연한 일이다. 일하는데 너무 야단스럽게 떠들어댄다는 것은 옳지 못할 뿐 아니라 불행한 일이다. '일하는 해'에서 '더 일하는 해', 요즘 내걸고 있는 이 구호를 꼬집거나 나무라보겠다는 생각은 없다. 다만 이런 구호가 우스꽝스러워지도록 일하는 것이 판에 박혀야하는 것이라 생각할 뿐이다.

<조선일보> 일사일언 / 1966. 6

# 잊을 수 없는 명구

"유유히 그리고 끊임없이 심사하면 할수록 새롭고 더해가는 경탄과 위경으로써 마음을 채워주는 것이 두 가지가 있으니 내 위의 별이 총총한 하늘과 내 마음속의 도덕률이다." 이 말은 칸트의 묘비에 새겨진 그의 '실천이성비판'의 유명한 결어이다.

칸트는 위대한 철학자였다는 것을 누구나 부정할 수 없다. 그러나 이 세상에 사는 모든 사람이 칸트의 위대함을 알기 위해서 그의 철학을 전공할 수 없다. 그러기에 대부분의 사람이 그에 대하여 갖는 지식이란 상식의 범위를 벗어나지 못하고 있다고 하겠다.

그러나 괴테의 다음의 말을 인용하여 다소 위안을 삼으려 한다. "어디를 가나 하늘은 푸르다는 진리를 깨닫기 위해서 온 세계를 돌아다닐 필요는 없다." 물론 칸트의 위대함을 잘 알기 위해서 칸트를 연구하는 것은 의의 있는 일이다. 그러나 칸트를 학문적으로 연구할 수 없는 사람에겐 칸트의 위대함을 알기 위해서 칸트의 저서를 다 읽을 필요는 없을 것이다. 앞서 인용한 칸트의 말 하나만을 가지고서도 우리는 그의 위대함을 느낄 수 있고 깊은 감명을 받음과 동시에 반성과 사색의 생활을 할 수 있는 것이다.

겨울밤에 외투 깃을 세우고 찬바람 속에 자신을 의식하며 별이 총총한 하늘의 질서를 바라보고, 내 마음을 돌아볼 때, 나는 항상 그를 생각한다. 그리고 그의 말을 생각한다. 그러노라면 나도 모르게 대문 앞에까지 온다.

이때 내가 생각하는 칸트는 경환과 위경의 마음을 간직한 인간이다. 그러한 인간이야말로 위대해지지 않을 수 없다고 느낀다. 질서정연한 하늘의 별 무리를 보고 경탄과 위경을 금할 수 없는 칸트의 마음엔 도덕률이 싹트고 있었던 것이다.

〈신아일보〉 1966. 12. 7

# 마이동풍

감정이 예민하다는 것과 신경이 예민하다는 것과는 엄청난 표현의 차이가 있을 것이다. 대체로 현대인은 신경이 예민한 편에 속했으면 속했지, 감정이 그렇다고 말할 수는 없다. 오늘날 우리의 기계문명은 인간의 정신을 기능적인 면에서 측정하기에 익숙해졌기 때문에 그것으로 가치판단을 내리는 것으로 시종한다. 따라서 감정, 특히 고전적인 뉘앙스로 해석할 정서의 면은 소외 된지 오래다. 정서도 구극은 육체의 기능이고 보면 그것은 퇴화의 길로 달릴 수밖에는 없다.

그리고 그 퇴화한 것의 공백을 무관심과 안일주의가 도사리고 앉는 것이다. 이러한 현대인에게도 가끔 퇴화한 것의 복귀를 위한 자극은 있다.

나는 그 자극의 가장 강한 것으로 계절을 생각하는 것이다. 계절 가운데서도 겨울을 생각하는 것이다. 동굴에서, 움 속에서 살던 때의 버릇인지 겨울은 특히 밤에 그가 가진 맵싸한 맛을 풀어놓는다. 화롯불에 밤을 묻고 할머니의 옛 얘기에 귀를 기울이던 어릴 적 우리들의 겨울로부터, 입학시험에 시달리는 것으로부터, 혹은 차가운 길거리의 고아로부터, 폭넓은 영역에 걸쳐 겨울은 우리의 감정과 정서에 사무치는 계절이 되어있다.

겨울의 추위를 경멸하기 위해서 맨발로 눈길을 거닐고 냉수를 끼얹는다는 글은 니체의 〈차라투스트라〉에서 읽었다. 그러나 현실을 그렇게 살아갈 수는 없다. 기계이전에 인간이 향유하던 모든 감정과 정서를 마이동풍으로 외면하고도 출세하고 뭣하고 다할 수 있을 것이다.

그러나 겨울, 그것을 대면하는 인간의 자세가 기계처럼 무표정 할 수 없고 겨울을 말하는 인간의 언어가 소박한 공감을 유발하지 않을 수 없음은 추위는 만인에게 뼛속까지 파고 들고야 마는 투철한 생리가 있기 때문일까? 모든 계절에 마이동풍하더라도 겨울 앞에서는 마이동풍(馬耳東風)하는 것일까?

〈중앙일보〉 파안잡기 / 1966. 12. 20

# 같은 것 속의 차이

저녁 늦게 문총회관 앞에 나서는 일이 한 두 번이 아닌 것이 요즘 내 사정이다. 그런데 언제 흰 눈을 뒤집어쓰고 사라질지 모르는 불안의 가로수 잎이 몇 장, 그래도 어둠과 식별할 수 있는 황혼, 나는 문득 걸음을 멈추고 한 곳을 응시한다.

내 눈 앞에는 그 모양이며 크기며 똑 같은 쌍둥이 건물이 서있는 것이다. 그 두 건물(서울시민에게는 굳이 건물명을 밝히지 않아도 좋으리라)은 아래층에서부터 꼭대기에 이르기까지 방마다 불을 켜고 있는 것이다. 어쩌면 그들은 조명구의 위치까지 같을까?

그러나 내가 응시는 똑 같은 건물, 똑 같은 내부시설에 있는 것이 아니라 그렇게도 똑 같은 두 건물의 차이점에 있는 것이다. 똑 같은 위치의 똑 같은 조명기구에 붙은 형광등의 불빛이 볼수록 확연히 색상의 차이가 있는 것이다. 한편 건물의 것은 희디희고 다른 한편의 것은 누르스름한 것이다.

아니다. 색상의 차이가 아니다. 조명도의 차이일 것이다. 한편은 맑고 밝은 대신, 한편은 무엇을 한 꺼풀 씌운 것처럼 뿌옇게 보이는 게 틀림없다. 밝은 형광등의 건물이 '유솜'이고, 다른 편이 경제기획원이리라. 나의 이 관찰은 선입관이 개재할 수 있다고 생각하는 사람에게는 실지로 가보기를 권하고 자리를 떠야 하겠다. 짙어져가는 어둠 속에서 무한정 멍청이처럼 서있을 수도 없는 일이다.

하나의 형광등이 아니라 창마다의 형광등의 집단이기 때문에 뚜렷한 불빛의 차이를 주는 집단이기 때문에 뚜렷한 불빛의 차이를 주는 것일까?

조국근대화, 이 당연한 명제 앞에서 우리는 가끔 응시하는 자세를 가져야 할는지 모른다. 하나로는 눈에 보이지 않는 결함이라도 모이면 그것은 이미 어떤 결정적인 의미를 발휘하는 것은 형광등에 한할 수 없기 때문이다. 지하도며 매머드 빌딩이 다 필요하다. 하나 당장 눈에 띄지 아니하는 곳의 배려는 더욱 소홀히 해서는 안 된다. 아인슈타인은 시간과 공간의 동일성을 말해주었다. 눈에 보이지 않는 것들이 시간이 지나면 매머드 빌딩처럼 자리를 차지한다.

〈중앙일보〉 파안잡기 / 1966. 11. 29

# 열아홉 개의 구멍

모두가 열아홉 개의 구멍이 하나같이 뚫린 연탄을 새삼스럽게 지켜본 일이 있다. 어쩌면 그것은 시꺼먼 온도계일 수 있는 것이다. 높이 쌓여 올라가면 훈훈해지고 줄어들면 한기를 느끼는 석탄 얼마만큼과 흙을 얼버무려 만든 물체.

아침에 문을 열고 보니 일가 집단 중독, 그의 죄인 없는 사형집행처럼, 그것의 가격도 잠을 깨보니 현실의 문제로 나타난 인상을 지울 수가 없다. 내가 평소에 경제문제에 대해서 유독 문외한이어서 이 얼떨떨함이 가시지 않는지 모른다. 하지만 연탄의 품귀와 가격의 변동에는 경제적인 현상 이외에 다른 무엇이 도사리고 있는 것만 같은 것이다.

쉽게 생각해 보자고 애쓴 끝에 내 견해는 이렇다. 이건 연탄을 만드는 사람, 운반하는 사람, 사는 사람이 완전히 협업해서 시꺼먼 연탄가

루를 뿌리는 소동을 일으키고 있는 것이다.

우리는 이들 모두를 규탄한다. 그러나 내가 바로 연탄을 사는 사람 가운데 한사람으로 여기에 참여하고 있는 것이다. 이것이 문제이다.

나는 햄릿의 독백을 여기서 마냥 되어놓을 수도 없다. 예부터 쌀쌀하기로 이름난 지금은 만추, 금세 파란 물감이 바스러져 쏟아질 것 같은 하늘 아래서 이 쾌적한 기후의 변화와 나의 국토에 대해서 무릎을 꿇고 싶은 충동을 느낄 때가 있다. 그리고 쓸쓸히 연탄 가루투성이가 된 듯한 신문지도 받아 쥐고 읽고 생각해야 하는 것이다. 분명히 지금은 쓸쓸한 만추.

그러기 위해서는 꼬박꼬박 열아홉 개씩 비정의 구멍이 뚫린 연탄을 고발하기 전에 그 연탄에 얽힌 자기의 입장을 검토하고 개선해야 하지 않겠는가?

〈중앙일보〉 파안잡기 / 1966. 11. 15

독일과 한국 사이 | 체험과 증언

# 불행한 눈의 인생

우리들은 잠자는 시간 외엔 거의 눈을 뜨고 살아야만 한다. 이렇게 하루 종일 피로했던 눈을 쉴 수 있도록 밤은 신비스럽게도 마련되어 있는 것이다. 더욱 묘한 것은 우리가 의식하지 못하는 순간에도 눈은 수초마다 감았다 떴다하는 것이다. 그것은 티나 먼지 등으로부터의 자극에서 보호해주는 그야말로 고마운 눈까풀의 작용인 것으로 알고 있다.

어린이들의 깜박이는 까만 눈동자에서 우리는 총명을 느낀다. 그러나 눈곱이 끼고 벌겋게 핏발선 눈을 볼 때 우리는 인생의 골을 보는 것 같아 경망한 생각조차 들기도 한다. 사는 동안에 그 얼마나 많은 티가 들어갔을 것이며, 자극적인 것에 또한 시달렸던 것인가?

눈으로 보는 인생은 사실상 60의 반밖에 안 되는 셈이다. 그런데 그

눈으로 보는 인생이 더 길어진 반면에 눈의 생명은 더 짧아졌으니 웬말인가? 낮처럼 아니 그보다 더 찬란한 밤거리의 쭉 뻗은 가로등의 행렬. 어딜 가도 네온사인으로 뒤덮이고 그 춤추듯 휘돌아가는 형형색색의 묘한 움직임들. 사람 하나 빠져나가기조차 힘들게 들이닥치는 수많은 차들의 헤드라이트. 하늘과 집들과 길거리, 쇼윈도에 빈틈없이 점령한 빛들의 오만 불손한 난무와 횡포는 차츰 눈의 생명을 희롱하기에 이르고 만다.

어차피 눈은 한 번 감게 되면 영원히 뜨지 못하는 운명을 가졌다곤 하지만 도대체 우리 주위의 모든 것은 눈의 생명을 재촉하는 불행한 것들뿐이다. 눈을 들어 푸른 하늘을 담지 못하고 코와 입으로 맑은 공기를 마시지 못하며 귀로 자연의 소리를 듣지 못함이 과연 우리들의 죄업일까?

〈조선일보〉 일사일언 / 1966. 12. 4

# 긍정과 부정

긍정과 부정을 분명히 표시하는 어휘와 어법은 어느 나라 국어에도 있다. 그러면서도 대화에 있어서는 그 뚜렷한 표시의 약속의 혼돈을 면치 못할 경우가 있다는 것도 일반적인 사실이다.

그런데 내가 아는 한, 우리들의 대화 속에는 있어서 긍정과 부정은 더욱 혼돈하기 쉬운 경향이 있는 것 같다. 귀걸이 코걸이라는 말도 아마 이런 어법상의 약점을 빌어 속담으로 등장한 것이리라.

다음 대화를 들어보자.

A: 네가 도둑질한 것이 잘못이라고 생각하지 않는 것이 잘못이 아니고 무어란 말이냐!

B: 누가 잘못하지 않았다고 하는 것이 아니라…

A: 잘못하지 않았다면 잘못했다는 말이냐?

차마 A를 재판장으로, B를 피고인으로 상정할 수 없을 정도로 이것은 두루뭉수리가 된 말의 왕복운동이다

무대는 삼엄한 법정보다 차라리 막걸리 집 목로가 어울릴 것이다. 밤새도록 이런 식으로 얘기해도 얘기의 귀착점이 없어 편리할 것이니까.

각설하고-

어느덧 이해도 막바지. 지나간 한 해의 일을 긍정과 부정의 자로 분명히 처리해두고 싶은 충동을 느낀다. '적당히' 라는 말, 그것이 무슨 사바세계를 무난히 통과하는 패스포트처럼 생각하는 충동들을 묵은해와 함께 씻어 보내고 싶다.

누구보다도 내 자신의 문제를 내 자신 분명히 처리하려는 태도를 갖고 싶다.

〈조선일보〉 일사일언 / 1966. 12. 13

독일과 한국 사이 | 체험과 증언

# 시간의 벽

끝없이 태양궤도를 회전하는 지구의 운행을 붙잡고 이것이 연말이요, 이때부터가 정월초하루요 하고 못박는다는 건 부질없는 일이란 생각이 든다. 그러나 부질없는 일이라는 생각을 해본다고 하더라도 구세군의 자선남비의 요령 소리를 듣고 인파속에 끼어들어 가면 세목의 감이 덜해지지도 않는다.

세목이며 신정이며 하는 것도 하나의 벽이다. 방, 사무실, 교실, 도서관, 극장, 다방, 경우에 따라서는 교도소와 같이 인간이 갇혀있기로 자원한 네 개의 평면으로 구성된 벽과는 다르나 그것과 인생의 관계에서는 시간도 다름없는 인간의 벽임은 분명하다.

그러기에 시종이 있을 리 없는 지구궤도를 잘라 역과 시각이란 구속을 만들고 또 그 구속을 벗어나려고 몸부림치는 것이다. 그러나 네 개의 벽이건 시간의 벽이건 그것을 무너뜨리거나 초월할 능력은 인간에게 없다. 다만 적당한 타협. 스카이라운지 같은 데는 크게 창을 내보고 교도소 같은 데도 철창을 붙이는 정도의 타협으로 인간은 시간의 벽속에 한정되고 있는 것이다.

1966년과 1967년 사이에도 벽은 있다. 누구나 다 뛰어넘어야 하고 다시는 뒤돌아 설 수 없는 시간의 커다란 벽이 이제 눈앞에 클로즈업 한다. 그리고 나는 불만한 스스로의 1966년이었기에 벌써 벽에다 새 달력을 걸어놓고 있는지 모른다.

〈조선일보〉 일사일언 / 1966. 12. 22

# 독서의 의미

해마다 이맘 때가 되면 캠퍼스 주변에 독서의 계절이란 말이 계절 풍처럼 나돌고 지나간다. 그러나 독서란 계절에 따라 많이 하고 적게 하는 것은 아니다. 왜냐하면 무더운 여름철에 피서를 겸해서 독서를 하는 사람도 있고, 가을철에 명승고적을 답사하며 여행하는 사람도 있는 것이다. 일 년 사시사철을 통해서 손에서 책을 놓지 않는 사람이 있는가 하면 책 한권 읽지 않는 사람도 있다.

이렇게 생각해 보면 가을이 독서의 계절이라 함은 책을 읽기에 알맞은 기후라는 뜻밖에 별다른 의미가 없다.

일찍이 라이너 마리아 릴케는 글을 쓴다는 것은 글을 쓸 수 있는 재료와 시간적 여유가 있다고 해서 가능한 것은 아니라고 했다. 다만 붓을 들지 않고서는 어찌 한수 없는 내심의 요구가 있을 때 글을 쓰며 또

써야 한다는 것이다. 아마 독서에 있어서도 책이 있고 시간적 여유가 충분하고 날씨가 선선하고 생활의 여유가 있다고 해서 책을 읽는 것은 아니다. 책을 읽는다는 것도 독서에 대한 절실한 마음의 요구가 있어야만 하는 것이다.

인류의 역사를 더듬어보면 인류는 기나긴 세월을 무지와 몽매 속에서 지내왔음을 알 수 있다. 인류가 비로소 역사시대에 들어온 것은 불과 오천년 안 밖을 헤아린다. 인류가 역사시대를 맞을 때 인류는 비로소 정착생활을 하고 농경을 업으로 했다.

이후에 비로소 문자가 생겼다고 한다. 그렇다면 인류가 읽는다는 행위를 시작한 것은 이때부터인 것이다. 이러한 역사적인 배경을 기억하고서 독일어의 '읽는다는 단어'를 생각해 보면 연기에는 재미있는 의미의 연관성이 들어있는 것을 알 수 있다.

독일어에서 읽는다는 뜻을 가진 동사는 'Lesen'이다. 그러나 우리가 Lesen을 사전에서 찾아보면 맨 처음에 나오는 뜻은 '주워 모으다'이고 다음에야 '읽는다'는 뜻이 나온다. 그렇다면 '주워 모으다'는 말이 읽는다는 의미로 전용되었다는 것을 유추할 수 있다. 인류가 농경생활을 하기 전에는 들에 야생하는 곡식의 이삭을 주워서 식량을 얻은 때도 있었을 것이다.

독일과 한국 사이 | 체험과 증언

이 '줍는다' 는 말이 '읽는다' 는 말로 된 것은 인간이 글로 기록된 지식의 단편을 주워 모은다는 뜻이 추상화 된 것으로 볼 수 있다.

따라서 Lesen은 인간의 식생활에 필요한 곡식을 주워 모으는 것이며, 동시에 시간에 인간 정신의 양식을 구하는 행위에 까지 쓰이게 된 것이다.

그런데 이 Lesen이라는 동사가 책을 읽는다는 의미로 쓰일 때, 두 가지 표현형식을 갖는 것도 재미있는 일이다. 가령 '나는 책을 읽는다.' 는 말을 독일어로 표현한다면, 'Ich lese das Buch.' 그리고 'Ich lese in dem Buch' 의 두 가지로 할 수 있다. 첫째 문장의 경우는 우리 말로 '나는 책을 읽는다.' 의 뜻이다. 그러나 둘째 문장의 경우는 다소 어감이 다르다. 구태여 구별하여 번역한다면, '나는 책을 정독한다.' 는 뜻이 될 것이다. 왜냐하면 둘째 문장을 축어적으로 번역하면 '나는 책속에 들어서 읽는다' 는 말이 된다. 책속에 들어서 읽는다는 것은, 아무런 잡념 없이 책에 몰입된 독자의 정신적인 자세를 의미하는 것이라 하겠다. 이 말을 한자어로 표시하면, 독서삼매의 경지라고 할 수 있다. 이것은 책을 읽고 싶은 욕망과, 책이 주는 흥미가 혼연일치하여, 오로지 독서에만 몰두하는 것을 나타냄으로 정적인 면을 말하는 것이다. 이 경우에 읽는 다는 말의 본래적인 뜻을 생각하면 독일어의 읽는다는 단어가 얼마나 독서의 본질을 잘 말해 주는가를 알 수 있다. 원래 줍는 다는 뜻이니 둘째 문장의 경우는 책속에 들어가서 줍는다는 뜻이므로, 골라서 줍는다는 면을 도외시 할 수 없다. 이렇게 보면 선택이라는 행위를 전제해야 한다. 그렇다면 책에 완전히 몰입하여 책의 내용 중에서 가치가 인정되는 것을 선택하여 모은다는 뜻이 된다. 이때는 선택하는 기준이 있어서, 이에 의한 판단이 있어야 하는 것이다. 이 판단의 기준을 우리는 가치관 혹은 인생관이라고 불러도 좋을 것이다. 따라서 이처럼 판단에 의하여 취사선택하는 것은 인간의 지적행위라 보아야 할 것이다. 여기서 독일어의 lesen이란 말은 인간이 지성의 합일적인 노력에 의하여 정신의 양식을 거두어 드리는 행위를 표현하는 동사로서, 독서의 진의를 잘 파악한 것이라 생각한다. 이제 우리가 읽어야 할 대상이 무엇인가? 여기에 대해서 누구나 제일 먼저 고전을 생각할 것이다. 고전이라는 것은 이미 많은 사람을 통해서 객관적인 가치를 인정받은 작품으로서 고전이란 객관적 가치기준에 의하여 집대성된 지식이 되는 셈이다.

이러한 고전을 읽는다면 어려운 판단의 취사선택이라는 과정을 거치지 않고 그대로 받아들여질 수 있는 것이기 때문이다.

그러나 우리는 언제나 기성품적인 자료로서만 만족할 수 없다. 현대과학은 그 이론과 실제에 있어서 객관적 가치를 창조하는데 크게 이바지 해왔다. 이러한 과학적 객관성과 확일화 된 대량 생산품과 같은 모양으로 지어진 아파트에서 생활하는 인간은 결코 외적인 여건에만 만족한 수 없다. 이러한 사회에서는 가끔 인간의 개성이 무시되기도 한다. 그러므로 해서 현대는 정신적 실업의 위기가 되어간다. 그것은 자기 자신의 고유성을 상실해가는 현대적인 병폐다. 여기서 인간은 자기에 대한 자신과 더불어 자기를 지탱한 수 있는 내적인 세계를 창조해야 하는 것이다. 이렇게 되면 우리는 우리의 자아에 활력을 주는 개성의 양식을 필요로 하는 게 된다. 따라서 과학이 발달하면 할수록 여기에 상응할 만한 내적인 힘을 길러가야 한다. 이것은 다만 독서를 통하여서만 얻어질 수 있다. 우리는 독서를 통해서 자기 자신의 정신적 양식을 구하고 자기의 인생관을 확고히 할 수 있어야만 불안한 현대를 힘차게 살아갈 수 있는 것이다.

현대문명 사회의 병폐는 문화가 발달한 나라일수록 정신적으로 불건전한 사람들이 많이 나타나는데 있다. 독서가 바로 현대를 살아가는 인간의 교양을 위한 길임을 잊어서는 안 될 줄로 안다.

이렇게 생각해 보면 정신의 기본적인 필수 영양소로서의 고전을 섭취하여 인간일반으로서 객관적 가치관을 얻고 여기에 자기의 소질과 흥미와 자기가 처한 직업 및 기타 개인적인 관심이 있는 분야의 서적을 읽어 자기의 뚜렷한 인생관을 세워 개인적 완성을 도모하려는 노력이 독서인 것이다. 그러므로 독서는 어떻게 한 계절에 한정된 행사가 아니라 언제나 필요에 의하여 책을 손에 넣는 일이 되어야 한 것이다. 여기에 계절이 독서에 알맞은 가을이라면 금상첨화 격이 된다. 이번 가을부터는 책을 읽는 습관을 갖는 학생들이 많아졌으면 하는 마음이 간절하다.

독서한다는 일은 일조일석에 이루어지는 것이 아니라 생활화해야 되는 것이다.

<서강타임스> 1967. 10. 3

독일과 한국 사이 | 체험과 증언

# 고속도로

낡은 표현이지만 '자동차의 나라' 미국에서는 '자동차길'을 의식하지 못한 것 같다. 그런데 독일에서 살면서부터 자동차만의 길을 알게 된 것이다. 내가 다녀본 독일은 어느 곳이든 일단 시외로 벗어나면 곧 길은 자동차 전용도로 '아우토반Autobahn', 요즘 우리의 관심을 모으는 고속도로에 연결된다. 노폭(路幅)의 수치를 댈 수 없지만 정연한 4차선 도로위로 쾌적한 속도로 자동차가 달리는 것이다.

독일의 이 고속도로의 역사는 그렇게 오래된 것은 아니다. 1차 대전 이후 이 도로는 속도화 할 내일을 대비하고 한편 실업으로 허덕이는 수많은 노동력을 흡수한 것으로 듣고 있다. 그러나 이 고속의 도로 그 자체에 특색이 있는 것이 아닌 성 싶다. 이 도로들은 사람 사는 곳 가까이에서 쉽게 구도로, 즉 인간교통의 유서, 독일민족의 민족생활의 혼적 같은 길과 연결되므로 가치가 있는 것 같다.

그런데 지금 우리도 이 고속도로에 온 국민의 꿈이 부풀어가고 있다. 아니 그것은 꿈이 아니다. 20년의 앞을 내다보는 첫 발걸음은 이미 옮겨진 것으로 알고 있다. 이 도로 건설을 위해서 정부와 관련업체가 제시하는 '비전'이나 그 고무적인 결과를 내가 대신 말할 필요는 없으리라.

다만 이 도로의 건설은 '현대화'만을 달리게 하는데 역점이 있는 것이 아니라는 점은 강조해 두고 싶다. 우리 고유의 길과 병존해야 하고 공영해야 하는 것이다. 말하자면 유서깊은 토대위에 이룩된 우리 고유의 생활이 교외에서는 쉽게 이 고속의 도로에 연결되어야 하겠다.

또한 통일을 내다보는 우리의 염원이 착실히 이뤄지기 위해서는 구체적인 도로에 한하지 않는 우리 생활 전반에 걸친 뿌리 깊은 혼선을 정리할 필요가 있는 것이다. 말하자면 좁다란 국도 위에 머리에 짐을 인 부녀자와 우마차와 '세단'이 비벼대는 오늘의 혼선을 깨뜨리려고 국토건설은 달리려 하고 있는 것이다. 우리 생활의 새 건설도 이 길과 함께 이뤄지기를 간절히 빈다.

〈중앙일보〉 내일에 산다 / 1967. 12. 6

독일과 한국 사이 | 체험과 증언

# 제헌 20년 유감

손으로 설계해서 지은 집이라도 20년을 살고 보면 그 설계도는 잊어버리게 될 것이다. 제헌 20년이라는 말에 문득 우리도 집짓고 산지가 그렇게 오래 되었던가 그 세월이 실지로 우리가 흘려보낸 것 같지 않은 느낌이 앞설 뿐이다.

1948년 7월 17일, 우리 손으로 우리의 헌법을 제정, 공포하던 그날의 나 자신의 모습은 떠오르지 않지만 치열한 사상의 대결 속에서도 그날 그때는 꿈 많던 나의 청년기와 함께 조촐한 가운데서 벅찬 감격의 소용돌이와 함께 느껴질 뿐이다.

그로부터 20년, 어느새 내가 내 작은 생명은 연륜을 쌓노라 도전하고 경험하고 오늘에 와 있듯이 우리의 헌법은 한국과 함께 전화를 이겨내고 독재정치를 물리치고 오늘 힘찬 국가건설에 말없는, 그러면서 사뭇 든든한 초석이 되어있다.

그러므로 우리는 일상생활에서 헌법을 생각하지 않는다. 이것은 나처럼 법학과는 아주 거리가 먼 학문에 종사하고 있는 사람에 한한 것이 아닐 것이다. 모르긴 하되 헌법이란 염원과 같은 것이 아니겠는가. 이렇게 살아다오, 이런 나라를 만들어다오, 20년 전 우리의 가장 높은 법학의 지혜를 모아 대한민국의 비전을 마련하여 우리들에게 제시한 것, 이것을 나는 우리의 헌법이라 생각한다. 그러므로 나는 헌법의 조목을 거의 모르는 상태이다. 그러면서도 나는 이 나라의 국민임에 부끄럽다고 생각하지 않는다. 나는 헌법을 느끼고 있기 때문이다. 헌법이라는 성문을 빌어 우리에게 요청한 한국적 삶, 한국인으로서의 국가관, 세계관의 바탕에 흐르는 당위-그것을 느끼고 있다. 마치 내 사는 집의 설계도를 몰라도 내 집에 맞춰, 내 일상생활에 맞춰 집을 꾸리고 다듬고 고쳐나가는 듯한 이치라고나 할까?

보도에 의하면 제헌의원 200명중 오늘 이 땅에 살아계신 분은 겨우 98명이라고 한다. 새로운 국가 한국의 서장이 얼마나 형극의 길이었던가를 증언하는 것 같아 이 사실도 그냥 20년의 탓만으로 넘겨버리기는 힘들다. 우리가 헌법을 가지게 된 것도 우연의 일이, 아니었지만 그 헌법을 지켜 오늘에 살고 있는 것도 생각해보면 수월한 일은 아니었었다.

독일과 한국 사이 | 체험과 증언

민주주의, 이것은 참으로 큰 희생위에 획득되는 인류의 이상이다. 그리고 우리는 이제 그 희생의 역사의 서장을 맞이하고 있을 따름이다.

이제 이 국가를 지키고 이 국가로 하여금 신라의 화백을 가진 역사 있는 민족이 세운 강력한 국가로 발전시키는 데는 얼마마한 노력과 각고와 또 그 이상의 고행이 우리를 기다릴는지 모른다.

그러나 우리는 불안할 것은 없다. 우리에게는 우리 세대 이전이 우리에게 기대하고 요망한 이상이 있다. 그것이 곧 제헌 20년의 보람이며 보장이 아니겠는가? 슈바이처 박사도 '문화와 논리' 에서 이런 말을 한일이 있었다. '통틀어 한 세대는 그 세대 속에서 이룩된 세계관에 의해서 산다기보다 오히려 그 전 세대의 세계관에 의해서 살게 되는 것이다.'

이 말은 개발도상에 있는 우리 같은 처지에 있는 국민들이 경청해야 할 말일 것이다. 성급하게 기대하고 난데없이 쏟아지는 기적을 바라서는 안 된다. 오늘 우리가 담그는 포도주는 우리들의 축일을 위한 것이 아니라 우리 후손을 위한 우리의 염원일 것이다.

〈경향신문〉 1968. 7. 17

# 1금 1천만원정

내 집 아궁이에 지금 죽음의 가스가 연소하고 있는데, 그 가스에 대해서 글을 쓴다는 것은 익살인지 모른다. 어제 오늘에 비롯한 문제가 아닌 것은 어찌 연탄가스뿐이랴 마는 이것은 보이지 않고 소리 나지 않고 침입하는 공해자라 문득 관심을 가지게 되면 몰골이 곤두서는 테마가 아닐 수 없다.

이 공해자를 없애는데 서울특별시가 1금 1천만원을 걸었다는 보도는 좀처럼 하나의 보도로서 내버릴 수 없다. 내 기억으로는 공해관계 현상으로는 가장액수가 크다는 것도 그 이유는 된다. 그러나 무엇보다 서울특별시가 이러한 자세로 나와 준 것은 그 활자를 읽는 시민의 한 사람으로 마음 든든하다 할까, 야릇한 안도감 같은 것을 느꼈기 때문이다.

독일과 한국 사이 | 체험과 증언

그러나 다시 생각해보자. 이처럼 유해한 것을 그대로 연료로 사용하면서 당연히 발생하는 유독가스를 없애는 데 부심한다는 것은 어딘가 우리 자신을 서글프게 만든다. 물론 당장 위험 없는 연료로 대체할 계획을 세우지 않고 운운으로 대들자는 심사는 아니다. 다만 이런 현실을 각자가 보다 심각하게 느끼고 자기 생명의 존엄을 유지하는 데 보다 적극적인 대책을 강구하여야 하겠다는 것뿐이다.

우리를 괴롭히고 생명을 위태롭게 하는 것 가운데서도 가장 일상적인 것이 연탄가스 문제다. 1금 1천만원정도 따지고 보면 자기 생명보다 더 고가일 수는 없지 않는가. 나부터도 이 현상금을 자기가 타기 위해서(적어도 그 기분을 느낄 수 있지 않겠는가?) 당장 내 집 아궁이의 보안조치를 다시 한 번 생각해야 하겠다.

〈경향신문〉 어안록 / 1968. 12. 2

# 격화소양

　서울의 뜰은 넓다. 쉴 새 없이 그 많은 가로수가 낙엽을 깔아도 사람이 붐비는 시간부터는 사람들이 놀리는 분주한 발, 발에 신은 신발일 뿐, 낙엽은 보이지 않는다. 그만큼 서울에는 사람이 많다.

　지극히 당연한 사실을 새삼스럽게 생각해 보는 계절은 가을, 그것도 종종걸음 치는 늦가을로 접어든 탓일까?

　세계의 거리는 짧아졌다. 이제 막 승리의 두 팔을 번쩍 쳐든 미국의 새 대통령의 파안이 컬러 전송이라는 새로운 전파를 타고 오늘 우리 신문에 천연색으로 클로스 업하고 있다. 한국과 미국 사이에 실재하는 거대한 공간의 거리를 체험한 나로서는 이런 사실이 도무지 동화 속에 나오는 요술처럼 느껴지는 것이다.

　'隔靴搔癢'이라는 어려운 한문을 어디서 본 듯하다. 신발을 신은 채 발의 가려움을 긁는다는 뜻일까? 이렇듯 좁혀진 세계의 거리에 비해서는 오히려 좁은 국내에서 일어나는 사건들은 '격화소양'의 감이 없지 않다. 저것은 그래도 여전히 얼마만큼 먼 거리에 있기 때문에 두 손을 번쩍 쳐든 컬러사진 한 장으로 실감이 나는데 이것은 우리의 일부분으로 밀집되어 있기 때문에 몇 장의 사진과 지도, 자세한 기사를 읽어도 오히려 '격화소양'을 느끼는 것인지 모른다. 서울에는 신발이 많다. 분주히 오가는 신발과 신발의 물결을 바라보며, 나는 문득 '격화소양'이라는 어려운 한문자를 생각해본다. 저 신발마다 가려울 때는 홀렁 벗어버릴 수 있는 신발이 얼마나 될 것인가 하고.

〈경향신문〉 어안록 / 1968. 11. 11

# 김장하고 김장걱정

추억 속의 날씨란 워낙 실제보다 규칙적일는지는 모르지만 까마득한 나의 어릴 적 거울은 이렇지가 않았다. 카랑 카랑한 하늘에서 싸하게 내리 덮는 한파 그것이 사흘을 계속 하고 나선 '맛이 어떠냐? 는 듯 누그러지는 온화한 날씨의 규칙적인 교체, 삼한사온 이라는 속어와 함께 그 때의 날씨는 분명하고 리드미컬한 것이었다.

한데 요즘 서울의 날씨는 도무지 납득이 가지 않는다. 낭만을 느끼기에는 교통지옥의 거리에 불안을 끼얹는 안개, 휘적휘적 얼굴에 감기지도 않고 그저 희뿌연 기체가 어느덧 사라지던 동복을 정장하고 걷기엔 속담이 흐르는 한나절의 더운 날씨, 대기 중에 탄산가스가 많아지면 날씨가 춥지 않다는 얘기를 어디서 들은 듯하다. 이런 나의 기상학의 지식으로는 나 자신조차 납득시킬 수는 없고, 이상하다 이상하다고

독일과 한국 사이 | 체험과 증언

하는 것은 나뿐만아니라 여러 사람의 입에서 나오는 말이지만 짜증을 내는 건 서둘러 김장을 담근 주불들이다.

　겨울이 춥지 않다는 거나 노인이 늙어 뵈지 않는 것은 다 잘못된 일이라는 옛말이 생각나지만 긴 겨울의 부식비와 주부의 노고를 덜어주는 김장이 시어져 저장할 수 없다는 것은 확실히 중대한 걱정거리가 아닐 수 없다. 언제부터 우리가 집집마다 그 주부의 솜씨와 가세를 겨뤄 김장에 정성을 들이며 살아 왔는지 분명히 알 수는 없다. 그러나 이것은 빙판에 팽이 치던 그 어린 시절과 더불어 오래 간직하고 싶은 '한국의 겨울풍물'로 유지해야 한다. 이렇게 생각하다가도 막상 올해 같은 겨울 날씨 이변이 현저해지고 보면 시어지는 김장을 하고나서 하는 주부들의 김장 걱정과는 또 다른 걱정이 은근히 마음　속에 도사림을 느낀다. 진실로 예는 이제의 변화 앞에 당황해야 하는가? 대담하게 이것을 비약해야 하는가?

〈경향신문〉 어안록 / 1968. 12. 16

# 전천후(全天候) 생활

몇 년 만의 대설이라는 제목과 또 주먹만한 활자로 피해 상황을 보도한 신문을 보고 그저 그렇거니 하고 생각하고 있었다. 뜰에 적설을 견디지 못하고 쓰러질 거목이 있는 것도 아니고, 탐스러운 눈을 담은 옆집 지붕이 내다보일 뿐, 내 방의 난로는 자못 훈훈하다. 그러니 이건 '대안의 불' 같은 눈일 수밖에는 없지 않은가?

그러나 문득 근 10년 가까이 살던 독일의 대학도시의 겨울이 '오버랩' 해서 눈에 떠오른다. 탐스러운 눈들이 풍요한 설량을 만들기를 잘하던 그 고장, 비록 한길이 눈에 덮인다 하더라도 계절이 주는 '두절'을 묵묵히 즐기고 있을 뿐 '피해'는 없다. 그 투박한 집들의 구조, 비록 목조라 하더라도 압력에 지탱하는 데는 강철처럼 억세다. 그리고 그 탄탄한 독일의 도로는 워낙 마멸이라든가 붕괴라는 것을 모르도록 건설되어 있다.

다시 장면은 바뀌어 고립된 촌락을 찍은 우리 신문의 항공사진이 나타난다. '초가삼간'이 적설에 짓눌려 있고 튼튼한 가로수가 없기 때문에 백설 밑 어디에 길이 있는지 짐작할 수 없다.

그러나 이 촌락의 눈도 언젠가는 녹을 것이요, 얼었다 녹았다 봄이 되면 길은 다시 대수술을 해야만 그런대로 길 구실을 할 수 있을 것이다.

이 되풀이 되는 노력의 일부만이라도 잘라서 집중 투입하여 집이건 길이건 내구성을 지니게 하는 일, 이제 우리에게도 그런 일을 해야 할 시기가 왔다. 전천후 농업이라는 말을 가뭄 때마다 들어왔는데 이런 표현을 빈다면 전천후 생활이라고나 할까?

누대 살아온 이 땅의 조화를 우리가 모를 리 없고 그 기상의 범위 안에서는 까딱하지 않는 국토와 그 위에 있는 모든 시설의 개조를 지금 서울시처럼 눈에 보이게 해나가 보자. 그런 다음 이 몇 년 만의 대설을 잠깐의 두절로 즐기며 훈훈한 회상에 마음 놓고 잠겨보고 싶다.

〈대한일보〉 쿼바디스 / 1969. 1. 31

# 미소의 의미

다빈치의 모나리자는 그 해득할 수 없는 미소 때문에 세대를 초월한 인간의 감탄을 자아내는 것이다. 그것은 웃음이 아니다. 굳이 웃음이라고 한다면 분위기의 웃음이라고나 할까. 실로 다 빈치와 같은 거장의 손을 빌어 이뤄진 창조의 극치가 그 미소 속에 있는 것이다.

미소- 그것은 인간 특유의 표정이다. 동물학자 중에는 동물의 웃음을 인정하는 사람이 있는 것으로 안다. 그러나 여태 동물이 미소한다는 말은 들어본 일이 없다. 그러므로 인간이 동물 중에서 고귀한 이상으로 삶의 표정으로서의 미소는 고귀하다 해서 과언이 아닐 것이다.

까르르 쏟아지는 웃음은 차라리 생리적인 조건반사에 속할 것이다. 그러나 품위 있는 미소는 오직 선량한 인성을 터전 삼아 쌓아올린 한 인간의 자기극복에서 비로소 얻어지는 표정이다.

그 미소를 릴케는 무거운 어둠 속에서 만이 더 귀중한 의미를 지닌다고 했다. 그가 말하는 무거운 어둠은 곧 가볍고 들뜬 거와 반대의 상태를 가리킨 것이다. 미소의 의미를 짧은 글 가운데서 이렇게 정확히 파악한 사람도 드물 것이다.

우리 하루살이나 한 해 살이 초목과 같은 생명을 가정하지 않는다. 길고 육중한 인생의 도정에서 무엇보다 우리는 밝게 웃음을 웃을 수 있게 노력할 것이다. 그러나 우리는 점차로 어둡고 무거운 자기극복의 과정에서 미소의 의를 배우고 그것을 몸에 지니도록 해나갈 것이다.

다 빈치치의 모나리자 - 그것은 가장 의미심장한 미소이기 때문에 가장 의미 있는 창작품이라는 사실을 중시할 필요가 있다. 가장 의미심장한 인생을 산다는 것은 어쩌면 가장 의미 있는 미소를 몸에 지니게 되는 것일지 모르기 때문이다.

〈주간한국〉 미미수필 / 1971. 7. 25

# 슈바이처의 〈나의 생애와 사상〉

인간은 또 문화는 지자기에 끌리는 자침처럼 분열과 불협화음의 좌표를 지향한다. 이 거대한 군상의 지향하는 힘 앞에 때로는 모든 제어 방법이 속수무책인 것처럼 절망할 때가 있다. 그러나 인간은 또 문화는 결코 절망적일 수 없다.

그것은 이런 군상의 지향과 경향의 밀집한 이른바 현대사회의 아스팔트 길 저 먼 곳 - 이를테면 적도 밑 아프리카의 밀림의 오솔길을 두 팔을 등 뒤에 엮고 묵묵히 걸어가는 거대한 그러나 외톨 인간의 모습을 우리가 볼 수 있기 때문이다.

비록 슈바이처라는 이름의 인간은 사몰했지만 출생과 사몰의 생명 현상이 미치지 못하는 인간 존엄의 상아탑이 우리 앞에 우뚝 서 있다. 나는 이 불멸의 탑을 알베르트 슈바이처 〈나의 생애와 사상〉이라는 한

독일과 한국 사이 | 체험과 증언

권의 책에서 인지한다.

'피셔 포켓판'의 이 한 권의 책은 어떻게 보면 현대의 묵시록이라 생각된다. "행동하는 자로이든지 수난자로이든지 우리는 우리의 이성보다 더 높은 곳에 존재하는 평화를 위해 몸을 바치고 있는 사람들의 힘이 진실임을 증명하도록 해야 한다." 이렇게 끝을 맺은 이 책은 바로 인간과 그 평화(그것은 슈바이처에게 이른바 내적 외적 행복일 것이다)를 위하여 헌신하는 일이 무엇인가를 묵시하는 기록의 글인 것이다.

특히 어린 시절과 학생시절은 이 책에서 차지하는 양으로 봐서는 얼마 되지 않지만 간결한 문체데 담긴 이 무렵의 슈바이처는 학문(그 것도 죽은 학문이 아닌 행동하는 인간의 힘으로서의 학문)을 하는 사람에게는 방대한 교시가 깃들어 있는 것으로 음미를 거듭할 만하 장이 아닐 수 없다.

파이프 오르간 본래의 기능이 조화의 악기였던 것처럼 이 악기의 주자 슈바이처 역시 조화를 이루는 사람이란 것을 이 책에서 알 수 있다. 그러나 중요한 것은 이 책에서 슈바이처의 모습을 찾는 일이 아니다. 분열과 불협화음 속으로 치닫는 군중 속에서 내 자신의 참모습을 찾는 일이며, 절망의 분위기 속에서 인간을 수호하는 인간의 모습을 확고하게 부각해내는 일일 것이다.

〈서강타임스〉 명서 일제 / 1973. 2. 22

# 겨울과 문학

　　겨울은 회상과 우울과 고독의 계절이다. 그것은 지나간 화려했던 계절을 돌이켜 보고 한 해가 지나가는 허탈감 속에서 차가운 밤바람 소리에 가슴 죄는 계절이며 집을 떠난 방랑자가 방랑의 고독을 다시 한 번 사무치게 느껴 보는 계절이다.

　　슈베르트의 '겨울 나그네'는 그가 바로 겨울의 나그네이기 때문에 고독이 더욱 침울하고도 걷잡을 수 없이 우리의 마음에 고동치는 것이다. 죽음으로 몰고 갈 암담한 절망과 겨울의 고독을 가장 짙은 색깔로 보여주고 있는 시인은 독일 표현주의의 트라클이다. 그의 시 '겨울'에는 몰락과 죽음의 어두운 분위기가 넘친다. '검은 11월의 몰락'이란 것에서 보듯이 트라클은 겨울을 검은 계절로 보았는데 황금빛이나 하늘빛이 은총과 사랑을 상징하는 것임에 반해 검은 색과 회색은 구제

독일과 한국 사이 | 체험과 증언

받을 수 없는 절망감을 상징한다.

트라클의 시 '겨울'에 보면 "침묵은 검은 나뭇가지에 머물고 텅 빈 숲 속에 서리와 연기와 발자국 하나가 있을 뿐..." 어느 곳에도 따스한 인간의 눈길은 찾아볼 수 없이 삭막하고 쓸쓸하다. 그 시에는 아무런 은총도 생명도 없다. "서리를 받아 하얗게 쓸쓸이 뻗쳐 있는 밭, 외로운 하늘, 높이 떠도는 기러기 떼, 때때로 먼 곳에서 들리는 썰매 소리, 회색의 달"이 겨울 풍경의 전부다.

이러한 침울한 감정을 겨울 풍경에 담은 보기는 얼마든지 찾아볼 수 있다. 낭만주의 시인 휠더린에게서도 마찬가지다. 그의 시 '생의 가운 데서'는 두 개의 절로 돼 있는데 첫째 절은 봄과 희망의 세계를, 둘째 절은 절망과 고독의 겨울과도 같은 현재를 비교하고 있다. 노란 배와 들장미가 있고 백조가 축복이 가득한 물을 마시는 아름다운 나라는 돌아올 수 없는 과거의 나라이며 젊음과 사라의 세계, 봄의 세계이다. 그러나 둘째 절로 넘어가면 "아, 슬프도다 지금은 겨울이니 어디서 꽃과 햇빛과 대지를 비추는 그림자를 구할 수 있으리오."라는 탄식의 소리다. 이 시는 휠더린의 창작 말기 1803년에 쓰인 것으로서 33세의 나이로 일생의 한 가운데에 선 자신을 자각하고 현재와 과거를 노래한 것이다.

춘향이가 꽃피는 단오절에 이도령을 만났듯이 괴테의 베르테르 역시 아름다운 5월에 로테를 만났다. 산딸기가 무르익고 온천지에 향기가 넘치던 봄이었다. 그러나 그가 이뤄질 수 없는 사랑으로 스스로 목숨을 끊은 것은 삭막한 회색의 하늘이 낮게 드리운 겨울이었다. 가을의 이별은 그런대로 재회를 약속할 수도 있지만 겨울의 이별은 바로 죽음 그것이다.

이렇게 겨울은 고독과 죽음의 계절이지만 조금이라도 신의 은총을 느끼는 작은 행복감을 알고 있는 자에게는 겨울이 반드시 죽음의 계절만은 아니다. 그리스마스가 의미하는 은총과 사랑은 이러한 죽음의 계절에 우리에게 많은 행복감을 가져다준다.

은총과 구원의 겨울을 보여주는 것으로는 슈티프터의 단편 〈산수정〉이 있는데 이 작품은 원래 제목이 '성야(聖夜)'로서 앞서의 트라클이나 횔더린의 겨울과는 다른 겨울을 보여준다. 이 작품에서는 심부름 가는 아이들이 추운 겨울에 숲 속에서 길을 잃고 죽음의 위험 앞에 서게 되지만 그러나 결국은 신의 은총과 아름다운 인간애에 의해 구원을 받게 된다.

이러한 은총에 대한 기다림은 트라클의 다른 겨울 시 '겨울밤'에서도 잘 나타나고 있다. "눈송이가 창문을 때리면/ 저녁 종소리 멀리 퍼지고/ 많은 사람을 위해 식탁이 마려되고/ 집도 잘 정돈 된다./ 많은 사람들이 방랑에서부터/ 어두운 길을 밟고 문으로 들어온다./ 은총의 나무는/ 대지의 차가운 습기를 빨아 꽃이 핀다./ 방랑자는 조용히 안으로 들어오고/ 우울은 문지방에서 굳어진다./ 그러면 순수한 광채 속에서 식탁위에는/ 빵과 포도주가 빛나다."

〈경향신문〉 독일 / 1972. 11. 20

# 밤에 쓰는 편지

- 시인 김용호와 독문학자 곽복록의 편지 교환 (방송으로 교환하는 편지)

곽복록 박사님께

곽 박사님!

어느새 깊은 밤이 찾아왔습니다. 고요가 착 가라앉은 깊은 밤입니다.

밤은 휴식의 시간입니다. 모두가 하루의 피로를 풀기 위한 귀한 시간입니다.

지금 이 시간, 그야말로 삼라와 만상은 고요한 잠에 잠겨 있습니다.

그런데, 나는 아직도 잠을 이루지 못하고 있습니다. 어느 철인처럼 생각이 많아 잠을 이루지 못하고 있는 건 아닙니다. 돼지에게는 돼지의 사건만이 일어나듯이, 범부인 나에게는 범부로서의 잡념이 그칠 새

독일과 한국 사이 | 체험과 증언

없이 오가고 덮치기 때문입니다.

이런 따위를 '의식의 흐름'이라고 하기엔 너무나 거칠고 비약이 지나치는 것입니다.

마치 아무런 얘기의 줄거리도 없는 단편(斷片)의 한 장면 한 장면이 영사(映寫)되고

오버랩하는 그런 상태입니다.

그러나 곽 박사님!

따지고 보면, 나만이 자지 않고 있는 건 아닌 성 싶습니다.

어디선가 멀리서 기적 소리가 들려옵니다. 짙은 어둠을 뚫고 내 귓가에까지 들려옵니다.

필시 밤기차가 쉬지 않고 철로 위를 달리고 있는 것이겠지요.

그 밤차는 기쁨을, 즐거움을 싣고 달리고 있을 것입니다. 그런가 하면 슬픔을, 괴로움을 싣고 달리고 있을 것입니다. 저마다의 가슴에 담긴 상념이 무엇인지는 알 수 없습니다마는, 인생에게 주어진 그 한계 내에서 주어진 문제임에 틀림없을 것입니다.

객차간의 사람들이 서언하게 눈에 보이는 듯합니다. 흔히 영화의 한 장면에서 볼 수 있는 그런 장면이 내 망막에 재생해 오는 것입니다.

거지반 잠에 못 이겨 곯아떨어진 사람도 있겠지만, 지금의 나처럼

잠을 이루지 못하고 곰곰이 생각에 잠기어 있는 사람도 많을 것입니다.

곽 박사님!

바다가 그리워지는 계절 - , 짱 콕토는 아니지만, 내 귀도 역시 소라인가, 바다의 물결 소리가 몹시 그리워집니다.

지금, 모두가 휴식하는 이 시간에도, 바다 물결은 쉬지 않고, 잠자지 않고 출렁거리고 있을 것입니다.

찰싹, 차알싹 하는 그 물결소리가 한없이 그리워집니다.

그 물결소리를 들으면서 살갗에 시원하고도 짭짤한 바닷물의 감촉을 맛보고 싶습니다.

그 뿐만도 아닙니다.

그 파아란 빛깔 - 그게 또한 한없이 매력적입니다.

파아란 물결이, 늘 하늘을 담고 있습니다. 내 마음을 담고 있습니다. 얼마나 멋진 아름다운 빛깔입니까?

그 파아란, 파아란 바닷물에 몸을 적신다면, 내 꿈이 결코 허황하고 믿을 수 없는 것이 아니란 것을 실감할 수 있을 듯합니다.

왜냐고요? 꿈은 파아란 빛깔을 하고 있기 때문입니다.

틈 보아서 함께 한 번 가까운 바다에 나가 보시지 않으시렵니까?

(김용호 배상)

김용호 선생님께

한밤 시인이 보낸 편지를 받은 영광을 영원히 기억하고 싶습니다. 그것은 편지라는 개념을 깨뜨리는 것이었습니다.

그것은 마치 검푸른 밤하늘에 명멸하는 값진 보석의 흐름이라고 말하고 싶습니다.

오랜 저의 버릇으로, 받은 편지는 잘 간수하게 되어 있습니다. 그러나 시인께서 보내주신 편지는 내 어느 서랍에 있는 편지의 묶음 속에서도 들어갈 수 없는 것이었습니다.

라디오를 끄고 나는 어두운 밤을 내리는 빗소리를 듣고 있었습니다. 그리고 생각했습니다. 무엇을 간직한다, 혹은 무엇을 소유한다는 것은 어떤 일일까 하고.

김용호 선생님!

선생님께서는 꿈을 말씀하셨습니다. 허황하고 믿을 수 없는 꿈. 그러나 그 꿈이 진실일 수 있는 시인의 마음을 말씀하셨습니다. 나는 그 마음을 동경합니다. 그러나 어떤 변고가 생겨도 이미 시인일 수 없는 나는 영원히 그 마음을 가질 수 없는 것으로 생각하고 있었습니다.

그러나 라디오를 끄고 밤비 소리를 들으며 내가 생각해 본 것, 이 세상에서 무엇을 가진다는 것이 무엇이냐는 생각에서, 나는 이때까지 생각하지 못한 것을 알게 된 것 같습니다.

제게는 적지 않는 편지 묶음이 있습니다. 그것은 분명히 내가 소유하고 있는 것입니다. 그러나 여기 한 시인이 보낸, 눈에 보이지 않고 손에 잡히지 않는 편지를 분명 내가 받은 것입니다. 이것도 나의 소유라 말할 수 있습니다. 그러면서도 이것은 지금 여기 누구의 눈에 실감 있게 보일 수 있는 흔적은 없는 것입니다.

그러면서도 그 편지는 이때까지 내가 생각해 보지 못한 마음의 세계의 문을 열어 보이는 편지였습니다.

저는 이 답장을 서두르고 있습니다. 이런 마음의 재산을 소유하는 데 익숙하지 못한 속인이기 때문에 그런지도 모릅니다.

김용호 선생님!

바다 얘기를 하셨습니다. 언젠가 친구 한 사람이 저보고 바다를 좋아하느냐고 물었습니다. 그때 이렇게 대답했었지요. "바다를 싫어하는 사람이 있나요?"라고. 그렇게 대답하면서도 좋아하는 바다에 가보지 못하고 보내버린 많은 세월을 생각했습니다.

틈을 만들어 바다로 동행하여 주시겠다는 말씀이 이루어지는 날을 기대하고 있겠습니다. 또한 그 시인의 바다에서 내가 발견할 새로운 기쁨도 즐겁게 생각하고 있겠습니다.

김용호 선생님!

지금 이 답장을 올리면서 저는 차츰 엉뚱한 느낌에 사로잡히고 있습니다. 편지를 쓰는 것이 아니라, 학생시절 몹시 단련을 받던 '리포트'를 쓰는 듯한 느낌입니다. 사실, 시인께서 보내주신 그 아름답고 흐뭇한 편지에 편지로 대할 수는 없는 일인지 모릅니다. 그러나 무딘 붓을 가다듬으며 열심히 쓰고 있습니다. 그리고 이 편지는 잠시 시인의 귓전을 스치다가 이내 이 어둠 속에 사라져버리기를 바랄뿐입니다.

지금 제가 살고 있는 곳에서는 기적 소리가 잘 들립니다. 밤을 달리는 객차의 사람들과 그 표정을 선생께서는 보여주셨습니다. 수없이 밤차 소리를 들었어도 그렇게 연상할 줄 모르던 저에게 이것도 새로운 경험입니다.

저와 같은 가난한 마음의 세계를 가질 수밖에 없는 많은 사람들이 각자의 인생의 하루를 살고 잠드는 시간입니다. 우리들에게 더욱 아름답고 더욱 높은 마음의 세계를 펴게 할 아름다운 시를 써 주십시오. 끝으로 제가 좋아하는 선생님의 시 한 수를 빌어 이 멋없는 편지를 함께 들어주신 다른 분들에게 드리고 싶습니다.

향수

바다
저편에 산이 있고

산위에
구름이 외롭다.

구름 위에
내 향수는 졸고

향수는 나를
잔디밭 위에 재운다.

(곽복록 배상)

〈동아방송〉 1967. 10. 17

추념의 글

## 곽복록 교수를 추모하며

姜信浩(동아 Socio 그룹 회장, 전경련 명예회장)

곽복록교수에 대한 나의 추억은 1956년 우리의 아름다운 프라이부르크대학 유학시절로 돌아간다. 나는 서울대 醫大를 졸업하고 家業을 위하여 함부르크로 製藥機械를 사러 갔다가 李文浩선배(후일 서울의대 교수)의 권유로 남독 프라이부르크로 내려와 의학공부를 하고있었다. 당시에는 프라이부르크 뿐 만아니라 독일 전체에도 한국 유학생이 많지 않은 때였지만, 프라이부르크에는 의학에 이문호 형과 나, 산림학에 고영주, 그리고 독문학에 곽복록, 이렇게 4사람 밖에 없었다. 그래서 우리는 시간만 나면 함께 모여 환담을 나누는 것이 향수를 달래는 길이었다. 그때 곽형은 조용하면서도 재미있게 독일과 독문학에 관한 얘기를 해주어서 우리의 인문학 교양을 높여주었다. 아마 괴테에 대한 교양도 이 무렵에 깊이를 더한 것으로 기억된다.

하루는 우리 한국인 유학생 넷이 슈바르츠발트 속으로 소풍을 갔다. 거기에는 티티제(Titisee) 호수가 있어 산책하기에 알맞다. 우리는 잔디밭에 드러누워 독일 하늘을 쳐다보며 맘껏 즐기고 담소를 나누었다. 그때 아마 내 카메라로 지나가는 독일인에게 부탁하여 찍은 사진이 한 장 있다. 이문호형은 늘 그렇듯이 유머러스하게 잔디밭에 누워있고, 곽복록형은 단정하게 웃으며 앉아있는 모습이다. 나는 가끔 이 사진을 볼 때마다 인생에 이런 순간이 가장 아름다운 시간이라는 생각을 하게 된다.

곽복록 형은 얼마 후 지도교수 관계로 뷔르츠부르크로 떠나갔다. 거기서 박사학위를 받았다는 소식을 들었다. 한국에 돌아와서도 서로의 길이 달라 만날 기회가 없었다. 그는 함경도에서 내려온 실향민으로 한 때 뤼프케 독일 대통령의 방한 시에 통역을 담당하기도 하였지만, 조용히 독일문학서의 번역에 평생을 바친 것으로 알고 있다. 2007년에 역사적인 프라이부르크대학 개교 550주년을 기념하면서 최종고 교수가 〈한국과 프라이부르크〉(Freiburg und Korea)라는 기념문집(Festschrift)을 낸다고 옛날 자료를 모은다고 해서 곽교수와 함께 찍은 사진을 내어주었다. 그 책에 그 사진이 나가고 사람들이 무척 아름다운 사진이라고 인사들을 해왔다. 나도 볼수록 그렇게 느껴진다. 나는 프라이부르크대학 명예이사(Ehrensenator)로 선임되어 지금도 가끔 그곳에 갈 때마다 나의 유학시절에 대한 질문을 받게 된다. 그럴 때 이 사진과 하이데거(Martin Heidegger)교수를 그의 토트나우(Todtnau) 산 장에서 만난 사진을 보여주면 모두들 놀라며 아름다운 광경이라 한다. 한 장의 사진이 이렇게 중요하다.

지난해 봄에 최종고 교수(프라이부르크대 한국동창회장)로부터 곽복록교수의 안부를 전해듣고 한번 식사라도 나누고 싶었다. 최 회장이 곽교수께도 뜻을 전해서 날이 풀리면 함께 만나기로 했다. 그런데 그 사이에 건강이 악화되어 타계하시고 말았다. 마지막으로 한번 만나지 못한 것이 못내 아쉽다. 분명 하늘나라에 가셨을 것이다. 그런 뜻에서 최 회장은 곽교수의 유고를 모아 책으로 편찬하고 싶다고 하였다. 나는 기꺼이 출판비용을 맡겠다 고 하였다. 이것이 우리의 옛 우정에 조그만 보답이 될 수 있기를 바라면서, 다시 한 번 명복을 빈다.

# 곽복록 선배를 추모하며

松岡 池明烈(서울대학교 명예교수)


　곽 선배는 나보다 4년 연상이시다. 우리가 처음 만난 것은 1948년 서울대학교 옛 문리과대학 교정에서였다. 곽 선배는 일본에서 수학하다 해방을 맞이하여 서울대학에 편입·졸업하고 미국 유학 준비 중이었고 나는 신입생 시절이었다. 그 후 곽 선배는 미국에 장기체류하여 6·25 동란이라는 민족적 고통기를 체험하지 못하고 다시 서독으로 유학하여 뷔르츠부르크 대학에서 수학하였다. 1960년 내가 유학하고 있던 프랑크푸르트 시에서 우리는 재회의 기쁨을 나누었다. 곽선배가 마침 학위논문을 완성하여 가지고 와서 그간의 노고를 치하하고 조국의 장래와 황무지와 다름없는 우리 독어독문학계 발전에 관하여 환담하며 밤이 깊도록 맥주잔을 기울이던 기억이 지금도 생생하다.

우리는 전후하여 다음 해 정초에 귀국하였다. 우선 내가 일주일 먼저 귀국하였는데, 당시 우리나라에는 서울대학교와 한국 외국어대학만이 졸업생을 배출하고 있었고, 성균관대학이 과를 신설한 상태였다. 성대에서 우선 먼저 온 나를 채용하려니까 두 분 밖에 없는 교수 중 한 분이 곽 선배를 선호한다하여 의견의 차이로 결정을 못하였다. 곽선배의 도착 시간에 맞추어 공항에 가서 내가 곽선배의 거취 의향을 물으니 성대를 원한다고 하기에 나는 기꺼이 양보하고 한국외국어대학에 자리를 얻었다. 그리하여 우리 두 사람은 직장을 얻어 정착하고 결혼하여 가정을 꾸리고 안정된 생활을 시작하였다. 곽 선배는 다시 자리를 서울대학교로 옮겼다가 바로 서강대학으로 옮겨가 그 곳에서 정년까지 정착하였다. 나도 그 뒤를 이어 서울대학교 문리과대학으로 자리를 옮겨 정년에 이르렀다.

근무처는 달라도 우리는 매사에 협력하였다. 당시 주한서독대사관에서는 본국 저명인사가 내방하면 우리를 초청하여 현지인사와의 대화를 원했다. 독일문화원에서 주최하는 여러 행사에도 참석하고 연사로 강연도 담당해주었다. 말하자면 민간외교에 기여한 셈이다. 이와 같은 활동은 60년, 70년대까지 지속되었다. 그만큼 당시로서는 독일통 인사가 부족했기 때문이다.

학생들의 면학 열기는 왕성하였으나 교재도 읽을거리도 빈약한 상태이었다. 우리는 각종 교재개발에 힘썼다. 그 중에서도 한독사전 편찬 작업에 관여한 것은 기억에 남는 일이다. 당시만 해도 한독사전이 전무하여 아쉬웠는데 한국정부와 독일정부가 협력하여 이 사전출판을 원조하기로 합의하여 편찬 작업이 시작되었으나 초기 작업 담당 팀의 회계부정으로 당국의 사무 감사를 받아 지원이 중단되어 오랫동안 표류 중이었다. 내가 마침 한국독어독문학회 회장에 피선되었을 때 당시의 황산덕 문교장관이 나를 불러 한국정부 단독으로 사전 편찬 작업을 위한 재정지원을 해 줄 테니 속개하라고 지시하여 주어서 작업을 재개하기에 이르렀다. 나의 임기가 끝나 곽선배가 계승하여 사전 편찬을 완성으로 이끌어간 것은 큰 의미가 있었다. 당시의 주한 서독대사관 문정관은 이제 본국 정부로부터 부실학회에 지원하여 실패하였다는 책임추궁을 면하게 되었다며 감사하였고, 우리도 우리나라 정부 단독으로 우리 학회를 지원할 수 있다는 자부심에 흐뭇했다.

우리는 학회발전을 위해서도 협력하였다. 모체학회인 한국독어독문학회 발전을 위해서 뿐만 아니라 부속학회라 할 괴테학회를 1982년에 발족시켰다. 당초에는 괴테협회로 시작하였으나 괴테학회로 명칭을 변경하였다. 이로써 괴테를 중심으로 한 독일문학 연구의 장을 만든 셈이다. 초대 회장을 곽선배가, 2대 회장을 내가 맡아 초창기 기초를 마련하였다.

괴테연구와 관련하여 일본에서 1990년 개최한 「동서에 있어서의 파우스트」라는 제하에 개최된 국제 심포지움에 우리 두 사람이 한국을 대표하여 참석하였다. 곽 선배는 「한국에 있어서의 파우스트 수용의 죄상」이라는 제하에, 나는 「한국에 왜 파우스트 전설이 없는가?」라는 제하에 강연하였다. 이 심포지엄에는 서독에서 2명, 일본에서 2명, 중국에서 2명의 연사가 발표하였고 후일 발표한 논문은 독일어판과 일본어번역판을 단행본으로 출판하여 참가국 간의 괴테연구에 기여하였음을 높이 평가한다.

읽을거리를 제공한다는 것은 독일문학 전공 학생을 위해서 뿐만이 아니라 일반 독서층을 위해서도 요긴한 일이다. 따라서 독문학 작품 번역의 필요성이 제기되는 것이다. 1960년대만 해도 번역물이 별로 없어서 우리는 번역에도 많은 기여를 하였다. 교수 수가 적어 강의 부담도 컸는데 이런 과외작업을 수행하기란 무척 힘든 일이었으나 사명감에서 작품 소개를 계속하였다. 그 수고를 인정받아 우리는 전후하여 국제PEN클럽 한국 본부가 수여하는 번역상도 수상하였다. 곽 선배는 특히 번역분야에서 많은 실적을 남겼는데 만년에 「괴테와의 대화」를 완역하였음은 큰 공로로 높이 평가한다. 공교롭게도 이 작품은 내가 이미 1969년 초역을 출간하여 독자가 많았으나 완역이 아니라 아쉽게 생각하였는데 곽선배가 완성하여 감사하기는 하나 방대한 작품이라 건강에 무리하지 않았을까 염려스럽기도 하였다.

정년 후에도 우리는 자주 만나 환담하는 기회를 가졌고, 일본대사관 광보관에서 제공하는 일본영화를 감상하기도 하였다. 일본시대를 체험한 세대에게는 일본에 대한 애증도 남다르다. 영화를 보면서 지난날을 되새겨보기도 하였다. 영화감상이 끝나고서 종로 일대에 산재해 있는 전통 한식점에서 옛 맛을 음미하기도 하였다. 정년 후의 무료함을 달래주는 즐거운 시간이었다.

곽형! 그간 수고가 많았습니다. 형이 남긴 학문적 업적, 독문학 발전에 기여한 공로를 우리 후배들은 잊지 않고 길이 추앙하리다. 먼저 가셨음은 아쉬우나 그래도 어려운 시대를 살아온 세대로서는 건강하게 장수하다 편히 가신 셈입니다. 형의 이름자와 같이 복된 생애를 마치셨습니다. 저승에도 술이 있는지는 모르겠으나 있다면 마셔도 취하지 않는 감로주일 터이니 혼자 있기가 무료하면 그것을 마시며 잠시 기다리시오. 머지않아 후배들이 줄줄이 따라가리다. 그때까지 안녕!

2012년 신춘

■

## 곽복록 교수를 보내며

최종고(서울법대 교수, 한국인물전기학회장)

　　곽복록 교수님은 나와는 전공도 다르고 일찍 한국 독문학의 태두
이시라는 존함만 들었지 인사를 드릴 기회도 없었다. 그러던 중 내가
운영하는 한국인물전기학회 월례모임에 작년(2010)에 두어 번 참석해
주셔서 무척 감사했다. 곽선생님은 일반적으로 뷔르츠부르크대학 독
문학 박사로 알려져있으나 말씀을 들으니 프라이부르크대학의 초기
동문이라는 사실도 알게 되고 가깝게 느끼기 시작하였다. 한번 점심을
사주시겠다고 하셔서 을지로6가의 스칸디나비아 클럽으로 나가니 번
역서 〈괴테와의 대화〉와 〈파우스트〉를 직접 사인까지 하여 들고 오셔
서 선물해주셨다. 너무나 큰 영광이었다. 답례는 못되지만 나는 내가
편집한 프라이부르크대학 500주년 기념문집 〈한국과 프라이부르크

(Freiburg und Korea)〉와 시화집 〈아름다워라 프라이부르크(So schon ist Freiburg)〉를 드렸다. 학창시절에 관한 회상, 특히 서울대 독문과를 졸업하고 하와이를 거쳐 미국 시카고로 유학 갔다가 프라이부르크까지 오신 얘기를 조용조용 재미있게 들려주셨다. 그때 1956년에 프라이부르크에서 유학생 이문호, 강신호, 고영주와 함께 슈바르츠발트 풀밭에 누워 찍은 사진이 〈한국과 프라이부르크〉 책에 실린 것을 보시고 무척 반가와 하셨다.

나는 얼마후 동아제약의 강신호 회장님을 뵐 때 곽교수님이 그 사진을 보고 그렇게 기뻐하시더라고 말씀드렸다. 강회장님은 그렇지 않아도 오랜만에 한번 식사라도 하고 싶었노라 하시며 날짜를 알아보라 하셨다. 그때는 겨울이라 봄이 되면 좋겠다고 곽교수님도 반가워 하셨다.

금년은 그야말로 춘래불사춘(春來不似春)이었다. 4월이 되어도 춥고 고약했다. 4월 중순이 되어 강회장님께 전화를 드리니 초파일을 지나 언제 만나면 좋겠다고 하셨다. 이 말씀을 드리려 곽교수님댁으로 전화하니 사모님이 받으시면서 위독해 병원에 입원해 계신다고 하신다. 고려대 구로병원으로 달려가니 이미 알아보시지도 못하고 머리의 통증을 괴로워하시며 누워계셨다. 미국서 온 딸이 "아버지, 그렇게 좋

독일과 한국 사이 | 체험과 증언

아하시던 프라이부르크 동창회 최 종고 회장님이세요"하고 손을 흔들자 눈을 조금 뜨시는 것 같은데 여전히 의식불명이시다. 나는 왜 조금만 더 일찍 서두르지 못했나 자책되었다. 딸 인아, 정아씨는 아버지께서 내가 드린 프라이부르크에 관한 두 책을 마지막까지 즐겁게 보셨다고 전해준다. 그 얘기를 들을수록 내가 좀 더 명민하지못한 것이 마음 아프다.

이 사실을 강회장님께 전화로 말씀드렸더니 직접 문병을 하시고 싶으나 의식불명상태이시라 대신 비서진을 통해 환자의 상태를 면밀히 알아보고 실질적 도움을 주려고 노력하셨다. 끝내 두 분은 서로 만나지 못하고 생을 작별하였다. 나는 내 불찰을 뉘우치며, 한편 프라이부르크 대선배 동창들의 우정을 실감하였다.

병원에서 처음 뵙던 때 걱정하던 것보다 근 한 달 가까이 연명하셨다. 나는 한 번 더 문병을 가 뵈었지만 끝내 5월 28일 영면하셨다. 빈소는 세브란스병원으로 옮겨 설치하였다. 나는 이런 조시를 하나 준비해 가져가 영전에 바쳤다.

여기 또 아름다운 영혼이

- 가시는 郭福祿 교수님께

괴테가 "Mehr Licht!"를 찾아

바이마르에서 하늘로 올라가셨듯

여기 또 한 아름다운 영혼이

한국에서 빛의 나라로 올라가신다.

북녘땅 함경도에서 태어나시어

일본, 미국, 독일에 유학하신 후

〈파우스트〉, 〈마의 산〉 등

대작들을 한국어로 옮기시고

한국에 독문학의 씨앗을 뿌리신

선구자의 영혼이 하늘나라로 가신다.

독일과 한국 사이 | 체험과 증언

하늘나라에서 만날 분도 많으시리

괴테, 만, 헷세, 쯔바이크....


척박한 현대 한국 문화사를

풍요롭게 가꾼 아름다운 영혼이시여!


이제는 인생의 恁苦 내려놓으시고

Wanderers-Nachtlied의 영원휴식 누리소서.

2011. 5. 30


6월 1일 서강대 성당에서 영결미사가 이른 아침 거행되었다. 내 조시를 서강대 한 여교수가 나와서 읽었다. 비가 심하게 내렸다. 우산 속에서 영구차에 실리는 관을 보면서 마지막으로 "Auf Wiedersehen!" 고별인사를 올렸다.

며칠 후 딸 인아씨가 내 연구실로 찾아왔다. 그 동안 고마웠노라며 인사를 하고는 갖고 온 유고문서를 주고 간다. 대부분 이미 발표한 글들의 스크랩북이지만 다시 읽어보니 고인의 모습이 눈에 떠오른다. 이것을 정리하여 출판하면 아담한 책이 될 것 같다. 강회장님도 격려해

주신다. 1주기까지 작업을 할 예정이다. 프라이부르크 동창회의 잊어
버린 역사를 다시 찾는 감회를 느낀다. 학자로서 그 많은 독어 원서를
번역하시며 조용히 한 평생 사신 대선배에게 새삼 존경과 동창애를 느
낀다.

독일과 한국 사이 | 체험과 증언

## 인간적인 너무나 인간적인

조정래(동의대학교 독문과 교수)

곽복록 교수님께서 하늘나라로 가신지 벌써 수개월의 시간이 흘러 갔지만 많은 분들의 마음속에 아직도 선연히 각인되어 있는 것은 교수 님의 인간적인 모습일 것이다. 이 자리를 빌려 교수님으로부터 귀중한 가르침을 받았던 시간들을 다시 추억하면서 교수님께서 주신 사랑의 유별난 한 형태 속에 추모의 마음을 담고자 한다.

그러니까 지금으로부터 삼십 여 년 전의 일이다. 당시 나는 복학 후 교수님 연구실에서 이것저것 잔심부름을 하며 학교에 다니고 있었다. 나는 독문과에 입학하기 전부터 책을 통하여 교수님을 알고 있었기 때 문에 학부시절부터 교수님 개인 조교를 한다는 것은 매우 흥분되는 일이었지만 한편으론 매사가 조심스럽고 심리적으로도 큰 부담을 갖고 있었다. 교수님과 같은 방 쓰기 처음 몇 년은 그런 대로 무난하게 지나갔다.

일이 터진 것은 바로 흑맥주가 처음으로 시판되던 해 어느 날이었다. 밤 늦도록 마신 흑맥주 탓에 교수님께서 안식년 휴가로 6개월간 연구 차 독일로 떠나시면 내게 맡기신 번역원고를 분실한 것이었다. 다음날 택시의 차고지가 S동이었다는 사실을 어렴풋이 기억하곤 당시 같은 대학에 다니고 있던 지금의 아내와 함께 백방으로 수소문하였지만 끝내 원고는 되돌아오지 않았다. 물론 당시 택시 운전기사 분들을 주대상으로 했던 〈가로수를 누비며〉라는 분실물 안내 방송에까지 부탁하였음은 두말할 필요가 없다.

분실된 원고는 C신문사가 기획한 「오늘의 세계문학」 시리즈에 들어있는 헤르만 카자크의 『강물 뒤의 도시』란 작품의 후반 3분의 1에 해당하는 분량이었다. 어찌 원고뿐이겠는가. 어렵사리 구한 작가의 친필 서명과 사진들. 지금 생각해도 몸이 오싹할 지경이었다.

드디어 교수님께서 귀국하셨다.

"조군, 별일 없지?"

매주 월요일이면 어김없이 듣게 되는 교수님의 첫마디가 이때처럼 고통스럽게 느껴진 적은 없었다. 오랜 망설임 끝에 용기를 내어 사건의 자초지종을 말씀드렸다. 가방을 싸면서 불호령을 각오하고 있던 나는 교수님의 뜻밖의 반응에 놀라고 말았다.

"조군, 자네 나이에도 건망증이 있다니 참 반갑구먼. 난, 나 같은 사람에게만 그런 줄 알았지. 잘 됐어, 번역이란 하면 할수록 좋은 작품이 나오는 법이야."

『강물 뒤의 도시』 사건 후 철저하게 원고에 대해서 함구하신 교수님의 침묵은 오히려 나를 몸서리치게 했다. 좁은 연구실 한쪽 구석을 차지하고 있던 나는 숨소리도 내지 않으려다가 목기침을 하기가 일쑤였다. 가끔 김밥 네 줄과 콜라 두 병이 전부인 점심을 사러 구내매점으로 가는 순간만이 그 당시 내겐 진정한 자유의 시간이었다. 사건 이후 한동안 계속된 수인(囚人)으로서의 생활에 약간 익숙해 질 무렵 어느 해 성탄절 전날이었다. 교수님께서 연구실로 찾아 온 옛 제자 K, P 두 분 교수님들과 내게도 여러 가지 수고했다면서 선물을 주셨다. 나는 수인의 상황을 망각하고 흥분된 마음을 주체하지 못해 연구실 밖으로 뛰어나왔다.

썰렁한 연탄불을 가운데 두고 학교 앞 단골주점의 주인과 마주 앉았다. 나는 자랑스런 표정으로 가방을 열고 교수님께서 주신 선물을 꺼내 포장을 급히 찢었다. 고급스러워 보이는 붉은 천 밑으로 딱딱하고 길쭉한 물체가 느껴졌다. 플라스틱 같은 케이스를 여는 순간 나와 주인은 할 말을 잃고 말았다. 그 속에는 아무 것도 들어있지 않았던 것이다. 그 시간 이후로는, 너는 미혼이니 애인이 있으면 주도록 하라는 말씀과 함께 건네주신 교수님의 선물이 시계일까 목걸이일까를 계속해서 생각하고 있었다는 것만 기억날 뿐 모든 나의 행위는 우주 밖으로 사라져갔다.

며 칠 후 다시 만난 K교수님의 말씀을 통해서 비로소 나는 그 케이스의 주인을 알게 되었다.

"우리는 목걸인데, 자네도 그렇지."

그 후 십 여 년의 세월이 흘렀다. 어느 날 나는 외국에 살고 있는 교수님의 큰딸을 만나고 있었다.

"인아야, 옛날에 그런 일이 있었어. 이 말은 교수님께는 절대로 하지 마라."

내 말을 들은 그는 거의 식탁에 엎어진 상태로 통곡하듯이 웃고 있었다.

"그때 그 목걸이 말이야. 목걸이 세 개를 내가 포장하는데, 아빠가 오빠 거는 굳이 당신께서 하시겠다는 거야. 아빠의 그 건망증 알지. 그러니까 목걸이는 빼고 포장만 하신거지 뭐"

교수님고희기념행사를 마포에서 했다. 나는 이때도 한 인간의 아름다움을 보았다. 그라치 Grazie라는 우아미(優雅美)를. 이성을 넘어서야만 보인다는 아름다움이었다. 항상 몸을 낮추시는 분. 은행에 들어갈 때 수위부터 시작해서 창구 담당 직원에까지 절하시는 분. 함께 식사할 때면 반평생 지녀온 낡은 초록색 지갑을 아예 나에게 맡기시는 분.

교수님께서 제자들에게 주신 가르침의 백미는 겸손, 바로 그것이었다. 당신 자신에게는 엄격하면서도 남에게는 한없이 관대한 교수님의 실천적 모습은 진정한 겸손이란 인간에게 하나의 장식물이 아니라 엄청난 고행의 결과물임을 제자들 모두에게 인식시켜주었다. 저마다 자신의 조그만 장점과 재능을 한껏 뽐내고 과시하는 풍조가 일상이 되어버린 이 가난한 현실의 기준으로 보면 교수님께서는 그 어떤 면에선 바보였었다. 그 누구보다 더 많은 것을 마음 속에 가지고 계셨지만 결코 과시하지 않는 분, 뽐내지 않는 분, 치장하지 않는 분이셨다. 교수님께서는 오늘날 모든 가치가 전도된 이 현실에서 홀로 우뚝 서 계셨던 진정한 고전주의자이셨던 것이다.

행사 후 어느 날 나는 기어들어가는 목소리로 겨우 입술을 열었다.

"선생님, 목걸이 주세요."

어느 날 학교에서 돌아온 나는 아내의 목에서 이상하게 빛나는 물체를 발견했다.

"오늘 이게 소포로 왔어요. 교수님께서 보내주셨어요. 하나가 남은 게 있다고 편지에 쓰셨어요."

결혼식 이후 아내의 목에서 거의 본 적이 없는 목걸이를 본 것도, 또 아직까지 하나가 남았다는 것도 이상하다. 그러나 나는 이내 모든 것을 짐작할 수 있었다.


정말이지 난 이런 선생님을 눈물 없인 회상할 수가 없는 것이다.


선생님, 부디 하늘나라에서 영면하소서.


2012년 4월


독일과 한국 사이 | 체험과 증언

# 초인적인 삶

한일섭(서강대학교 명예 교수)


곽 교수님, 지금도 문안 전화를 드리면 선생님의 음성을 들을 것만 같은데 선생님이 타계하시고 어언 일주기가 된다니 믿어지지 않습니다.

독일에서 한국인 최초의 독문학 박사학위를 취득한 곽 교수님은 1961년 귀국한 이후 그것으로 한국 사회에서 일약 명사가 되었습니다. 귀국 후의 곽 교수님은 독문학자로서 그 명예에 상응하는 활동을 다방면으로 펼치면서 지대한 업적을 남겼습니다.

광복 후 적어도 1970년대까지 독문학 작품의 국역에 있어서 일본어 번역본을 통한 중역이 성행했는데 곽 교수님은 독어원본 국역의 모범이었습니다. 곽 교수님이 1976년 11월에 '한국 번역 문학상'을 수상한 것이 우연이 아닙니다. 곽 교수님은 만년까지 고전문학부터 현대문학까지의 독문학 명작들을 국역하였고, 그게 약 40 종에 이릅니다. 그리고 그리스 비극, 입센의 희곡, 안데르센 동화 등의 서양 문학작품을 비롯한 여타의 서양 교양서적 약 30종을 국역했습니다. 곽 교수님은 이런 번역을 통해 한국의 독서계와 출판계에 독문학 명작 또는 서양 유명 교양서를 알리는 메신저 역할을 했습니다.

곽 교수님은 이런 수많은 번역서를 내놓고도 자신의 저서를 여럿 내놓았습니다. 학술 저서 '독일문학의 사상과 배경'에다 수필성의 저서 두 종을 냈습니다. 그리고 공저(共著)의 학술서 다섯 종을 냈습니다. 이러한 저서들을 통해서 곽 교수님은 독문학도들에게 새로운 지식과 더불어 독문학 연구방법을 알려주었습니다.

곽 교수님은 외국유학에서 귀국한 무렵부터 근 30년 동안 신문 잡지에 60편 이상의 기고문들을 썼고 그것들의 대부분이 지금 발간되는 '독일과 한국 사이: 체험과 증언'에 담겨 있습니다. 그 기고문들은 읽는 이에게 의미 있는 많은 것을 알렸습니다.

곽 교수님은 1960년대에 한독협회 총무와 주한 독일 대사관 고문이 되어 한독 국교의 신장에 큰 기여를 했습니다. 당시에 그밖에 국제 펜클럽 한국본부 사무국장직을 맡고서 무엇보다 한국 문인들의 국제적 시야를 넓히는 데 공헌했습니다.

곽 교수님은 1980년대 말기까지 대학에서 독문학 강의를 하고 교수직을 충실히 수행하고 정년 후 명예교수가 됐습니다. 곽 교수님 문하에서 수학한 제자는 지금 수십 명이 대학교수이고 수백 명이 일반 사회의 각종 요직에 있습니다.

이것 모두를 되돌아보면 곽 교수님의 삶은 가히 초인적이었습니다. 어떻게 그 많은 글들을 쓰고, 어떻게 그 많은 활동들을 할 수 있었습니까. 열 사람도 감당키 어려운 그 많은 일들을 혼자서 해내신 것입니다. 그저 경탄할 따름입니다.

선생님, 영원히 안식만이 있는 그 하늘나라에서 고이 쉬소서.


2012년 4월

# 사진으로 보는 곽복록 교수

1년 전

봄의 끝자락에

생전의 따스한 미소를 거두며

우리의 곁을 떠난

선생님의 모습이 그립습니다.

사랑하는 가족들과 함께

# 학창시절

1937년 재경성진유학생친목회(在京城津留學生親睦會)

1939년 동구능에서 친구들과 함께

일본 상지대학생 시절

# 신학석사학위

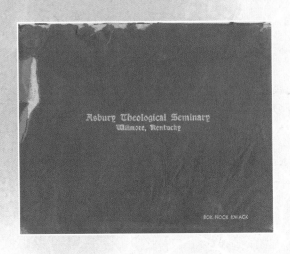

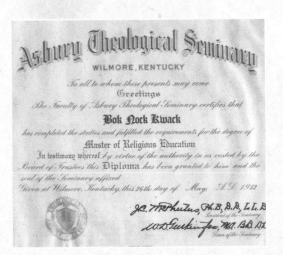

여행증명서

독일 Freiburg 유학시절

1955년

1957년

1958년

264

Freiburg 유학시절의 즐거운 한때(왼쪽부터 고영주, 곽복록, 이문호, 강신호)

1964년 독일 뤼프케(Heinrich Lübke) 대통령 방한 시
박정희 대통령의 통역을 담당한 곽복록 교수

# 국제 PEN클럽(세계작가대회) 활동

1969년에 실시된 한국 PEN 온양 세미나
– 단상의 곽복록 선생님

제37차 세계작가대회
– 아래 단의 통역을 담당하는 곽복록 교수님

자랑스런 후학을 길러내신 서강대학교 교수시절

춘계 독어독문학 모임

2010년 자랑스런 서강인상을 수여한
김태영 국방장관의 초청으로 방문한 공관에서

2010년 서강대독문학과동문회 행사에서
사랑하는 제자들과 함께

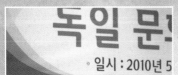

# 곽복록 교수의 평생 작업인 저서와 역서

   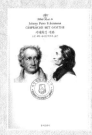

277

# 곽복록 교수의 약력

함경북도 성진에서 1922년 2월 28일 출생하고

2011년 5월 28일에 서울에서 별세.

추일화 여사 사이에 두 여식 인아와 정아가 있음.


## 학력

1948        서울대학교 문리과대학 독어독문학과 졸업

1952        미국 에스버리 신학교 종교교육석사

1955        미국 시카고 대학교 대학원 졸업. 문학석사

1956        독일 프라이부르크 대학교 수학

1960        독일 뷔르츠부르크 대학교 졸업. 문학박사


## 경력

1961-1964    성균관대학교 독문과 교수

1964-1966    서울대학교 문리과대학 독문과 교수

1966-1987    서강대학교 인문대 독문과 교수


독일과 한국 사이 | 체험과 증언

| 1987 이후 | 서강대학교 명예교수 |
| --- | --- |
| 1980-1983 | 서강대학교 인문과학연구소 소장 |
| 1985-1987 | 서강대학교 문과대학 학장 |
| 1987-1988 | 숭실대학교 특별대우 교수 |
| 1961-1963 | 주한 독일대사관 고문 |
| 1961-1969 | 한독협회 총무 |
| 1966-1967 | 국제 펜클럽 한국본부 사무국장 및 전무이사 |
| 1967-1978 | 한국독문학회 회장 |
| 1982-1983 | 한국 괴테협회 회장 |

## 수상

| 1967. 2 | 독일정부 문화훈장 수상 |
| --- | --- |
| 1977 | 한국 번역문학상 수상 |
| 1987. 2 | 대학민국 국민훈장 석류장 수상 |

## 곽복록 교수의 저서 및 역서 목록

아래의 저서와 번역서는 국립중앙도서관의 도서목록에서 찾아낸 것임. 동일한 번역서가 상이한 시기에 상이한 출판사들에서 간행되기도 했는데 이 경우엔 맨 먼저 간행한 출판사의 책만을 아래에 명시했음

### 저서

獨逸文學의 思想과 背景. 郭福祿 著. 西江大學校出版部 1983.

잊을 수 없는 사람들. 郭福祿 著. 徽文出版社 1973.

울림과 되울림 : 독일문학의 수용과 해석. 곽복록 엮음. 서강대학교출판부
　　1992.

독일短篇選과 독문학散考. 郭福祿...[等編]. 한밭출판사 1982.

獨逸實存主義文學. 李裕榮 ; 郭福祿 共著. 一潮閣 1977.

獨逸文學硏究. 郭福祿 ; 韓逸燮 [共著]. 西江大學校 人文科學硏究所 1984.

現代獨語獨文學硏究. 郭福祿 ; 李裕榮 ; 李德浩 共著. [西江大學校 人文科學硏
　　究所] 1973.

十八世紀 유럽의 社會와 文化. 吉玄謨, 金奎榮, 郭福祿 共著. 西江大學 人文科
　　學硏究所1968.

그리스 희곡의 이해. 곽복록, 이근삼, 조우현, 조의설, 차범석 지음. 현암사
2007.

## 번역

빌헬름 마이스터의 편력시대. 요한 볼프강 괴테 저 ; 곽복록 옮김. 서울대학교
출판부 1999.

파우스트 ; 젊은 베르테르의 슬픔. 괴테 著 ; 郭福祿 譯. 廷文社 1981.

파우스트. 괴에테 著 ; 郭福祿 譯. 高麗出版社 1976.

괴테 : 생애와 시대. 프리덴탈 지음 ; 곽복록 옮김. 평민사 1985.

사랑의 迷路. 테오도르 폰타네 [著] ; 郭福祿 譯. 汎潮社 1979.

마의 산. 토마스 만 저. 郭福祿 譯. 文學出版社 1975.

選擇된 人間. 데이지 밀러. 토마스 만 著 ; 郭福祿 譯 /헨리 제임스 著 ; 鄭晋錫
譯. 知星出版社 1982.

트리스탄. 復活. 刑史. 토마스 만 著 ; 郭福祿 譯 / 파울 하이제 著 ; 朴贊機 譯 /
라게르크 비스트 著 ; 金鍾斌 譯. 高麗出版社 1976.

東方紀行 헤르만 헤세 著 ; 郭福祿 譯. 中央日報 1978.

싱클레어의 고백. 헤르만 헤세 지음 ; 곽복록 옮김. 현대문화센타 1989.

수레바퀴 밑에서. 헤세 지음 ; 곽복록 옮김. 계몽사 1995.

슈바벤의 꼬마들. 헤르만 헤세 ; 곽복록 옮김. 현대문화센타 1989.

오늘이 가기 전에 나를 찾아서. 헤르만 헤세; 곽복록. 현대문화센타 1988.

헤르만 헤세 ; 파울 하이제 篇. 郭福祿 外 共編輯. 高麗出版社 1971.

내 불타는 목마름을 네 눈에서 적시고. 헤르만 헤세 지음 ; 곽복록 엮음. 성정출
　　　판사 1992.

내일에도 우리가 같이 있다면. 헤르만 헤세 지음 ; 곽복록 옮김. 세종출판공사
　　　1987.

子正後 한 時間. Herman Hesse 著 ; 郭福祿 譯. 靑林社 1974

世界文學에의 길. 헤르만. 헷세 著 ; 郭福祿 譯. 乙酉文化社 1966

싯달타. 沈鍾. 헤르만 헤세 著 ; 朴贊機 譯 / 하우프트만 著 ; 郭福祿 譯. 高麗出
　　　版社 1976.

변신. 카프카 著 ; 곽복록 옮김. 中央文化社 1987.

변신 ; 심판. 카프카 지음 ; 곽복록 옮김. 신원문화사 2009.

심판 ; 아메리카 ; 변신. 카프카 지음 ; 곽복록 옮김. 신원문화사 1993.

아메리카. 프란츠 카프카 지음 ; 곽복록 옮김. 신원문화사 2006.

審判 ; 아메리카 ; 變身 ; 流刑地에서. 프란츠 카프카 著 ; 郭福祿 譯. 徽文出版社
　　　1980.

아담, 어디에 가 있었나? 하인리히 뵐 著 ; 郭福錄 譯. 노벨文化社 1972.

루마니아 일기(외). 한스 카로사 지음 ; 곽복록 옮김. 범우사 2004.

어제의 세계. 슈테판 츠바이크 지음 ; 곽복록 옮김. 知識工作所 1995.

孤獨한 당신을 위하여. Luise Rinser 著 ; 郭福祿 譯. 汎友社 1974.

獄中日記. Luise Rinser 著 ; 郭福祿 譯. 乙酉文化社 1974.

生의 한가운데. Luise Rinser 著 ; 郭福祿 譯. 文學出版社 1975.

너와 나의 對話. 루이제 린저 著 ; 郭福祿 譯. 三中堂 1977.

내일을 사는 그대에게. 루이제 린저 지음 ; 곽복록 옮김. 현대문화센타 1989.

내가 아닌 사람과 사는 지혜. 루이제 린저 지음 ; 곽복록 옮김. 知識工作所
    2001.

내이름은 간텐바인. 약속 ; 裁判官과 그의 刑吏. 막스 프리쉬 著 ; 郭福祿 譯 /
    프리드리히 뒤렌마트 著 ; 郭福祿 譯. 민중서관 1970.

그리스 비극. 아이스킬로스, 소포클레스, 에우리피데스 지음 ; 곽복록, 조우현
    옮김. 동서문화사 2007.

悲劇의 誕生 ; 짜라투스트라는 이렇게 말했다. 니이체 作 ; 郭福祿 譯. 東西文化
    社 1976.

짜라투스트라는 이렇게 말했다. 니이체 著 ; 郭福祿 譯. 東西文化社 1978.

비극의 탄생. 니체, 프리드리히 빌헤름 곽복록 옮김. 汎友社 1989.

意志와 表象으로서의 世界. 쇼펜하우어 저 ; 郭福祿 譯. 乙西文化社 1983.

人生論노-우트 ; 哲學的 小考. 쇼펜하우어 著 ; 郭福祿 譯. 東西文化社 1978.

獨逸國民에게 告함 ; 인간의 使命. 피히테 著 ; 郭福祿 譯. 尙書閣 1976.

人間의 使命. 요한G. 피히테 著 ; 郭福祿 譯. 尙書閣 1983.

페르 귄트. 헨릭 입센 지음 ; 곽복록 옮김. 신원문화사 2006.

민중의 적. 헨릭 입센 지음 ; 곽복록 옮김. 신원문화사 2004.

인형의 집 ; 유령 ; 민중의 적. 헨릭 입센 지음 ; 곽복록 옮김. 신원문화사 1994.

인형의 집. 헨릭 입센 저 ; 곽복록 옮김. 신원문화사 2004.

판타지 동화. 원작: 안데르센 저 ; 옮김: 곽복록 ; 새로 씀: 이상배 ; 그림: 민은경
    계림닷컴 2006.

마지막 이유 外. 알프레드 안데르시 지음 ; 곽복록 옮김. 學園社 1986.

그림없는 그림책. 한스 크리스챤 안데르센 저 ; 郭福祿 역. 동서문화사 1977.

그리스 비극. 아이스킬로스, 소포클레스, 에우리피데스 [지음] ; 곽복록, 조우현
　　옮김. 동서문화사 2007.

잠 못 이루는 밤을 위하여. 카를 힐티 지음 ; 곽복록 옮김. 동서문화사 2005.

江물뒤의 도시. 헤르만 카사크 著 ; 郭福祿 譯. 中央日報社 1984.

만년의 회상. 아인슈타인 지음 ; 곽복록 옮김. 민성사 1994.

아무도 가르쳐주지 않는 삶 : 天才들의 성적표　G. 프라우제 著 ; 곽복록 譯. 상
　　황사 1979.

晩年의 回想. 아인시타인 著 ; 郭福祿 역. 尙書閣 1976.

시바이쩌. 존 맨튼 지음 ; 곽복록 옮김. 동서문화사 1984.

나의 生涯와 思想. 알버트 슈바이처 저 ; 곽복록 역. 三星文化財團 1972.

물과 原始林 사이에서. 알버트 슈바이쩌 著 ; 곽복록 譯. 徽文出版社 1976.

천재들의 학점. G. 프라우제 [저] ; 곽복록 옮김. 민들레 1983.

세계 예술의 역사. 헨드릭 윌렘 반 룬 글.그림 ; 곽복록 옮김. 문화문고 1999.

서양의 명언. 郭福祿 編著. 아카데미 1984.

마지막 이유 ; 빨강머리 여인. 알프레드 안데르시 著 ; 郭福祿 譯. 主友 1982.

양지바른 언덕의 少女. Bjornstjerne Bjornson 著 ; 郭福祿 譯. 文學出版社 1975.

천사를 찾아서. 한스 에리히 노사크 저 ; 郭福祿 譯. 志學社 1987.

# 색인

독일과 한국 사이 | 체험과 증언